杨　义◎著

文学赏心录

海天出版社（中国·深圳）

图书在版编目（CIP）数据

文学赏心录 / 杨义著. — 深圳：海天出版社，2014.9
（本色文丛）
ISBN 978-7-5507-1179-2

Ⅰ.①文… Ⅱ.①杨… Ⅲ.①随笔—作品集—中国—当代 Ⅳ.①I267.1

中国版本图书馆CIP数据核字(2014)第193144号

文学赏心录
WENXUE SHANGXIN LU

出 品 人　陈新亮
策划编辑　于志斌
责任编辑　曾韬荔　侯天伦
责任技编　蔡梅琴
封面设计　李松璋

出版发行　海天出版社
地　　址　深圳市彩田南路海天综合大厦（518033）
网　　址　www.htph.com.cn
订购电话　0755-83460293（批发）　83460397（邮购）
设计制作　深圳市龙墨文化传播有限公司（0755-83461000）
印　　刷　深圳市华信图文印务有限公司
开　　本　787mm×1092mm　1/32
印　　张　7.5
字　　数　150千
版　　次　2014年9月第1版
印　　次　2014年9月第1次
定　　价　30.00元

杨义，1946年生，广东省电白县人，中国社会科学院学部委员，文学研究所研究员，博士生导师。国家级有突出贡献专家，国家社科基金重大项目首席专家，中国鲁迅研究会会长。1998~2009年，任中国社会科学院文学研究所所长，民族文学研究所所长，《文学评论》主编，《文学年鉴》主编，全国“格萨（斯）尔领导小组”组长。1992年任牛津大学客座研究员，1998年任英国学术院客座教授、荷兰莱顿大学客座教授，2003年任剑桥大学客座教授。2010年，在澳门大学全球招聘中，被聘为讲座教授。曾讲学于英国牛津大学、剑桥大学，美国哈佛大学、耶鲁大学、斯坦福大学，法国巴黎东方语言学院，瑞典斯德哥尔摩大学，俄罗斯圣彼得堡大学，日本早稻田大学，韩国首尔大学等世界名校。在海内外出版著作50余种，主编书籍20种70余册，发表论文500余篇。主要著作有《中国现代小说史》、《二十世纪中国文学图志》、《中国古典小说史论》、《中国叙事学》、《中国古典文学图志》、《老子还原》、《庄子还原》、《墨子还原》、《韩非子还原》、《文学地理学会通》。多次荣获国家图书奖、中国图书奖、中国社会科学院优秀成果奖、全国优秀博士论文导师奖。以杨义为第一主编的《顾毓琇全集》16卷，获第五届国家图书奖荣誉奖。

序言

读书要有“会心”，使读者之心与作者之心相会，心心相印，咀嚼出书中的滋味。更进一层而言之，读书更要有“赏心”，在读书中获得快乐，从心底里发出笑声。我曾经说过，读书是人类之所以为人类的“类”的特征。就像韩愈对他儿子到城南别墅读书时讲的：“人之能为人，由腹有诗书。诗书勤乃有，不勤腹空虚。”韩愈的意思是，人如果不从读书中了解古往今来的知识，简直就像一匹马、一头牛穿上衣服那样，愚不可及。要怎样证明你是一个文明人呢？那就从读书中得到知识的交流，听到智慧的笑声，看见生命的秘密吧。

孔夫子有一句名言：“知之者，不如好之者；好之者，不如乐之者。”前人解释：“学问，知之者不如好之者笃，好之者不如乐之者深。”或者说：“知之则不惑，好之则勉，乐则不可已也。”这就勉励人们做学问，要在勤勉扎实的基础上，乐此不疲，以求精深透彻。尤其对于文学作品，含英咀华，可医心灵的枯槁、笔底的枯涩，生命智慧应是笑不可抑的。

“赏心”一词，在中国文学史上有着一路绮丽的风光，令人如“从山阴道上行，山川自相映发，使人应接不暇”。它来自谢灵运《拟魏太子邺中集诗八首》的序，一经产生，就与魏晋风度、山水乐趣，结下不解之缘。谢灵运自拟魏太子曹丕，思绪联翩：“建安末，余时在邺宫，朝游夕燕，究欢愉之极。天下良辰、美景、赏心、乐事，四者难并。今昆弟友朋，二三诸彦，共尽之矣。古来此娱，书籍未见。何者？楚襄王时有宋玉、唐（勒）、景（差），梁孝王时有邹（阳）、枚（乘）、严（忌）、马（司马相如）。游者美矣，而其主不文。汉武帝徐乐诸才，备应对之能，而雄猜多忌，岂获晤言之适？不诬方将，庶必贤于今日尔。岁月如流，零落将尽，撰文怀人，感往增怆。”他不仅钦慕文酒风流，有朋友切磋，从知识交流中获得欢愉，而且希望人主重视人文，开拓精神文化的新局面。唐人刘长卿则在《题萧郎中开元寺新构幽寂亭》中，把谢灵运的赏心乐事，与他喜欢山水，开创山水诗联系起来：“康乐爱山水，赏心千载同。”杜甫在《送严侍郎到绵州，同登杜使君江楼（得心字）》中，把赏心乐事融入了苍凉感：“野兴每难尽，江楼延赏心。”人文在中国，是赏心乐事之所系，但它也有旷远广阔的苍凉关怀。

由此，一些文人墨客当地方官时，喜欢在风景佳好处，建筑赏心亭。亭间倚坐，山川入目，心清如水，意态悠然。最有名的是金陵赏心亭。宋人王辟之《渑水燕谈录》卷七记载：“祥符（宋真宗年号，公元 1008~1016 年）中，丁晋公（丁谓）出典金陵，真宗以《袁安卧雪图》赐之，真古妙手。或言周昉（中唐画家）笔，亦莫可辨。至金陵，择城之西南隅旷绝之地，建赏心亭，中设巨屏，置图其上，遂为金陵奇观。岁久颇失覆护，缣素败裂，稍为好事者窃去。嘉祐中，王君玉出守郡，首诣观之，惜其剽取已尽，嗟之尤久，作诗题其旁云：'昔人已化辽天鹤，往事难寻《卧雪图》。'”宋人曾极《金陵百咏》有《赏心亭》篇，除了记载此事外，又说赏心亭“下临秦淮，尽观览之胜。……柱上有苏子瞻题名犹存”。把心胸旷达的苏东坡老夫子，也请来为赏心亭助兴，并赋诗云：“柱上题名客姓苏，江山清绝冠吴都。六花飞舞凭阑处，一本天生卧雪图。”对苏轼诗词尤能赏心的元人萨都剌，作《望金陵》诗，又以赏心亭穿透历史兴衰，格调是悲远的：“行人雨霁金陵去，萧寺钟声又远听。五月潮声方汹涌，六朝文物已凋零。春风玉树留歌韵，暮日青山立画屏。千古兴亡堪一笑，买花载酒赏心亭。”这位少数民族诗人已经把袁安卧雪的画屏，换作暮日青山，大发其千古兴亡的感慨了。他以天地山川的永恒，反思着六朝文物的短暂。袁安卧雪，是古代文人经常吟咏的高士姿态，《太平御览》卷四百二十六引《录异传》曰：“汉时大雪积地丈余，洛阳令身出案行至袁安门，无行路，谓安已死，除雪入见，安僵卧。问何以不出？安曰：'大雪，人皆饿，不宜干人。'令以安为贤，举为孝廉。”袁安本来是到京城找个打工仔的位置的，却又有雪天安卧的那份消闲心态，相当难得。因此明初诗人高启在《读史·袁安》诗中，就非常推崇这位后来官至三公的汝南袁安夫子，推崇他刚直磊落，不攀炎附势走门路的节操，诗云："洛下人家懒去干，闭门僵卧雪漫漫。立朝不附薰天势，应为平生耐得寒。"高启大概也觉得袁安卧雪中，有几分永恒的精神可供记忆吧。因此《袁安卧雪图》，是配得上秦淮胜景，以彰显赏心乐事的品位的。

更有文学意味的是，汤显祖把谢灵运"天下良辰、美景、赏心、乐事，四者难并"的山水诗梦，引入了有情人的青春表达之中。人们忘不了他在《牡丹亭·惊梦》中写下的这句绝妙好辞："原来姹紫嫣红开遍，似这般都付与断井颓垣。良辰美景奈何天，赏心乐事谁家院。"连曹雪芹《红楼梦》第二十三回"西厢记妙词通戏语，牡丹亭艳曲警芳心"，也情意绵绵地把汤显祖这曲青春绝唱，引入生死相许的宝黛姻缘的主旋律。清人云槎外史《红楼梦影》序云："《红楼梦》一书，本名《石头记》，所记绛珠仙草受神瑛侍者灌溉之恩，修成女身，立愿托生人世，以泪偿之。此极奇幻之事，而至理深情独有千古。作者不惜镂肝刻肾，读者得以娱目赏心，几至家弦户诵，雅俗共赏：咸知绛珠有偿泪之愿，无终身之约，泪尽归仙，再难留恋人间。神瑛无木石之缘，有金石之订，理当涉世，以了应为之事。此《红楼梦》始终之大旨也。"属于中国小说皇冠的《红楼梦》镂肝刻肾的笔墨，就是要人们娱目赏心。赏心，联系着中国文学的精髓。梁启超《少年中国说》总括一笔："秦皇汉武，若何之雄杰；汉唐来之文学，若何之隆盛；康乾间之武功，若何之烜赫！历史家所铺叙，词章家所讴歌，何一非我国民少年时代良辰美景赏心乐事之陈迹哉！”良辰美景赏心乐事的文学词章，实在应该与“我国民少年时代”的心灵同在，滋润着青春的气息、创新的活力，以及对于美的难分难舍的追求。

说到本书，它是我近二十年来长长短短的部分文章的汇集。现代意义上的中国文学，已历百年。这是风起云蒸、潮流激荡的百年，景致常新，不乏令人赏心悦目的奇观。第一辑“‘五四’流光”，呈现的是百年的前半段。《春秋谷梁传》说：“德厚者流光，德薄者流卑。”这半个世纪，又给我们的土地留下了哪些德泽？第二辑“世纪风标”，呈现的是百年的后半段。《南齐书·文学传论》说：“文章者，盖性情之风标，神明之律吕也。”这半个世纪，又让我们的心身感受到哪些性情的风标？与这百年文学结伴而行的人们，是有福了。对之赏心之余，自然想到要写下一点什么。对于偌大的百年风景，只好随意而谈，随心所适，不求周密，是为随笔。随笔者，笔随心运，心随笔行，心与笔在从容自得中相随相应。唐人孟郊《结爱》诗云：“心心复心心，结爱务在深。”因而有了第三辑“学林心迹”，则是我追求那些流光、那些风标的斑斑脚印和心迹，且不计它们是零零星星，还是歪歪扭扭，总算是一份与文学心心结爱的因缘。赏心，既是心对文的赏鉴，又是文对心的赏赐。文因赏鉴而出彩，心因赏赐而神旺。清人曾说：“苦是诗心，辣是文心，两样精神一样心。”讲是讲得新锐，只是没有讲到此中的苦和辣也可以转化，没有讲到苦中有乐，辣里提神。是苦是辣，有无乐趣和精神？这就提示了读书做学问，也有一个态度问题，反身而诚，反求诸己，赏心者需要反赏其心，注重“心心复心心”那个“复”字，从中磨炼出赏心鉴识的志趣和能力来。

2014年3月12日

目　录
CONTENTS

第一辑　“五四”流光

第二辑　世纪风标

第三辑　学林心迹

第一辑　“五四”流光

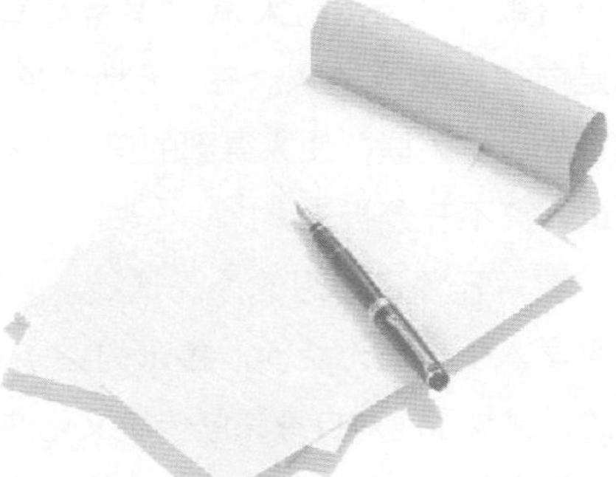

鲁迅的诸子观与“抉心自食”的文化哲学

作为“五四”新文化运动的标志性前驱人物，鲁迅与中国思想文化之根本的先秦诸子的关系，牵动着整个中国文化之现代性转型的灵敏的感应神经。“五四”时期和春秋战国时期，都是中国思想文化创造的大时代，不妨称为两个“诸子时代”。人们或喜欢将它们进行类比，或神往那种千载难逢的思想自由，或称扬“五四”新文化运动是两千年后的中国“文艺复兴”。这难免令人有“念天地之悠悠”的感慨。陈子昂《登幽州台歌》此诗，前人说：“其辞简直，有汉魏之风。”鲁迅也是向往汉魏风的人。在“天地悠悠”间，透视鲁迅与先秦诸子的血脉关联，使人得到的第一个启示是：分析“五四”和鲁迅，离不开分析先秦。

要解开鲁迅思想的最深情结，必须从鲁迅的诸子观和文化哲学入手。毫无疑问，鲁迅的诸子观是复杂的，充满着扭结的，呈现了他对自身深厚传统文化造诣的反思，也透露了他对民族文化“抉心自食”的痛苦的深刻。鲁迅在《野草·墓碣文》中说:“抉心自食，欲知本味。创痛酷烈，本味何能知？”“心”是何物？它乃中国思想文化中联系人体核心的器官，又是最具有哲学意味的一个概念。此即《黄帝内经·素问》所云:“心者，生之本，神之变也。”抉心自食，是隐喻性的语言，以咀嚼着肉体心脏，隐喻咀嚼着自己文化基因所在的思想心脏。鲁迅的诸子观，潜藏着独特的抉心自食的意识。鲁迅感到，诸子已在我心中，我要掏出心来，尝尝它的味道。这比起《红楼梦》所说的“满纸荒唐言，一把辛酸泪。都云作者痴，谁解其中味”，包含着更加深刻的心灵震颤和精神痛苦。也就是说，“抉心自食”的文化哲学，呈现了一种悲剧性的文化英雄毅然决然的战斗姿态，它与“铁屋子”的社会文化体验、“肩着黑暗的闸门”的文化担当一道，形成一组相互关联的意识之流，深刻地彰显了鲁迅的文化精神本质。

细读鲁迅，会发现鲁迅“抉心自食”的文化哲学是复合型，并非单一型的，唯有突破对鲁迅文化观单一、片面的理解，才能触摸到鲁迅在他那个文化大时代中以激进托起了深刻、以执着深入到痛苦的内心世界。由鲁迅复合型的文化哲学形成的诸子观，也就因此展现为四个维度：一是启蒙思想家的方式，以《摩罗诗力说》为嚆矢；二是文学和文化史研究者的方式，以《汉文学史纲要》为标志；三是以《故事新编》为代表的小说想象方式；四是以一系列杂文为代表的犀利的批评方式。这是考察鲁迅与先秦诸子关系的四个切入口，四个切入口从不同方向通向鲁迅掏出来的、还在滴血的心。这需要我们从这四个维度分头分析、相互参照和总体综合。限于篇幅，这里仅讲一下第二个维度——作为文学和文化史研究者的鲁迅论诸子。

一

在历史的转折期思潮纷呈，心中接纳了的深厚的传统文化与猛然袭来的新潮文化发生碰撞，深厚者如何更生，新潮者如何立足，无时无刻不在促使人们做出艰难的历史选择。历史文化充满着十字路口，歧路和穷途并陈。鲁迅曾经向许广平透露心迹："走'人生'的长途，最易遇到的有两大难关。其一是'歧路'，倘是墨翟先生，相传是恸哭而返的。但我不哭也不返，先在歧路头坐下，歇一会，或者睡一觉，于是选一条似乎可走的路再走……其二便是'穷途'了，听说阮籍先生也大哭而回，我却也像在歧路上的办法一样，还是跨进去，在刺丛里姑且走走。"第一种态度是在"歧路"面前选路；第二种态度是"穷途"面前开路，在没有旧路的荆棘丛生中踏出新路。这都显示了一代巨人的历史理性和生命意志。

既然鲁迅的传统学问非常精深，他难免对之频频回首。他追求的是以新颖的视角和卓越的史识，对传统的文化血脉重新进行剖析。故在新创《中国小说史略》之后，他有意于重写一部中国文学史。从中显示的鲁迅复杂的精神结构，在一定的意义上可概括为："现代精神，太炎家法"。蔡元培和宋庆龄曾以鲁迅纪念委员会的名义发表《征订〈鲁迅全集〉精制纪念本启》，这则启事说："鲁迅先生为一代文宗，毕生著述，承清季朴学之绪余，奠现代文坛之础石。"所谓"承清季朴学之绪余"，就是指他继承清代学术，包括章太炎学术的传统，著述中国小说史、文学史著作。这方面的著作最能见其根底，见其学殖，没有这方面的出色著述，所谓"一代文宗"的分量是要打折扣的。

据好友许寿裳回忆："鲁迅想要做《中国文学史》分章是：一、从文字到文章；二、思无邪（《诗经》）；三、诸子；四、从《离骚》到《反离骚》；五、酒，药，女，佛（六朝）；六、廊庙和山林。其大意也曾片段地对我说过。关于诸子者，他说杨子为我，只取他自己明白，当然不会著书；墨子兼爱，必使人人共喻，故其文词丁宁反复；老子的'无为而无不为'，总嫌其太阴柔；庄子的文词深闳放肆，则入于虚无了。……至于全集所载的《汉文学史纲要》乃是用作讲义，很简单的。"① 这种文学史分章方式，即便在简短的回忆文字中，也足以见其眼光巨大，独出心裁，个性彰显，至今尚为那些教科书式的文学史所没有做到。但是，由于鲁迅精神执着而外向，随时以积极参与社会思潮为要务，分散了他潜心学术著述的精力，使得这部可能对先秦诸子留下独特见解的文学史没有完成，只留下《汉文学史纲要》待我们分析他对先秦诸

---

① 许寿裳：《亡友鲁迅印象记·杂谈著作》，北京：人民文学出版社，1953年，第50~51页。

子的心迹。

《汉文学史纲要》是鲁迅 1926 年在厦门大学讲授中国文学史课程所编写的讲义。厦门，是鲁迅从北平南下革命策源地广州的一个旅途驿站，更是一个精神驿站。精神中转驿站使他产生了“中间物”的自我想象意识，意味着他要在精神旅程上舍弃什么，进取什么。所以，他在这里将早期文章结集为《坟》，用了一个阴郁的意象为书名，意味着他要对自己的思想进行一番清理和总结。而教授生涯，又使他的内心多了几分宁静。

这些错综复杂的精神意识，都不同程度或以不同的方式投影在他的文学史纲要之中。所写的这份纲要只有十篇，从远古讲到西汉，篇幅不算长，但对于中国文学的发生和早期发展，却可谓精心结撰之作。十篇之中，前五篇涉及中国文学的发生学和先秦诸子，是我们对鲁迅的诸子观进行考察的重要切入口，从这里我们可以窥见鲁迅对传统文化的一种非常潜在的心智情感和理性态度。头两篇，“自文字至文章”和“《书》与《诗》”，对应于许寿裳回忆中的文学史之“一、从文字到文章；二、思无邪(《诗经》)”。其中采取文化还原的思路，从初民巫史文化的角度，考察文字的发生和文学的发生。着重阐释了《吕氏春秋·仲夏纪·古乐》这段著名的古老记载：“昔葛天氏之乐，三人操牛尾，投足以歌八阙。”鲁迅以文化人类学的方法，肯定了这则记载的可信性：“虽荒古无文，并难征信，而证以今日之野人，揆之人间之心理，固当以吕氏所言，为较近于事理者矣。"[1]其中采用的并非疑古的态度，而是释古的态度，透过原始的乐、舞、歌三体混一的精神文化体制，及其在文字产生后文笔及文章分离的文化形式演变过程，从而发现和重新阐释了古文献记载中所蕴涵的文化人类学的深层意义。

二

释古的基础是通古，是精通古文献的本义和源流。《汉文学史纲要》对儒家经籍《书》与《诗》深入探讨它们的材料来源和版本衍变，用了清代乾嘉学者的考证功夫，并且对二书的内在脉络进行了细致的条分缕析。尽管这两篇或涉及儒学，尚未论及诸子，但它们的行文讲究实事求是，言必有据，已为随之的诸子论展示了方法论特征。

此时，鲁迅采取的已经不是《摩罗诗力说》论儒学和老子的方法——或断章取义，或攻其一翼而不计其余——而是采取归本还原的方法，辨析原始材料和历代研究的成果，尽量回到早期文化的本来面目，展示了中国文化发展的独特脉络。比如，《纲要》说："《诗》三百篇，皆出北方，而以黄河为中心。其十五国中，周南、召南、王、桧、陈、郑在河南，邶、鄘、卫、曹、齐、魏、唐在河北，豳、秦则在泾渭

① 鲁迅：《汉文学史纲要》，《鲁迅全集》第9卷，北京：人民文学出版社，1981年，第343页。

之滨，疆域概不越今河南、山西、陕西、山东四省之外。其民厚重，故虽直抒胸臆，犹能止乎礼义，忿而不戾，怨而不怒，哀而不伤，乐而不淫，虽诗歌，亦教训也。然此特后儒之言，实则激楚之言，奔放之词，《风》、《雅》中亦常有，而孔子则曰：'《诗》三百，一言以蔽之，曰：思无邪。'后儒因孔子告颜渊为邦，曰'放郑声'。又曰：'恶郑声之乱雅乐也。'遂亦疑及《郑风》，以为淫逸，失其旨矣。自心不净，则外物随之，嵇康曰：'若夫郑声，是音声之至妙，妙音感人，犹美色惑志，耽槃荒酒，易以丧业，自非至人，孰能御之。'（本集《声无哀乐论》）世之欲捐窈窕之声，盖由于此，其理亦并通于文章。"①这里，在用人文地理学的方法分析了"三百篇"的诗风之后，鲁迅也对儒家的诗教进行批评，似乎跟《摩罗诗力说》相呼应；但主要从诗教论者的隐秘心理作出解剖，而不是从现代思潮的角度进行评判。这种解剖是理智的，带有学理的普遍性，因而与《摩罗诗力说》处于不同的文化言说层面。正如"思潮"和"思想"处于不同的文化层面一样，这也为其接下来的诸子研究提供了方法论的选择方向。

《汉文学史纲要》第三篇讨论先秦诸子，标题"老庄"，就是以老子、庄子为中心讨论诸子。为何以老庄为中心？这似乎有点类乎班固在《汉书·司马迁传》中，批评司马迁"其是

① 鲁迅：《汉文学史纲要》，《鲁迅全集》第9卷，北京：人民文学出版社，1981年，第356页。

非颇缪于圣人，论大道而先黄、老而后六经，序游侠则退处士而进奸雄，述货殖则崇势利而羞贱贫”的味道。其实更大程度上是因为道家多才华文采，这与鲁迅接受西方现代文学观念有关。1908年，鲁迅与许寿裳、钱玄同、周作人等赁居东京“伍舍”，每星期日同赴民报社，听章太炎讲解文字学。据许寿裳回忆：“有一次，因为章先生问及文学的定义如何，鲁迅答道：‘文学与学说不同，学说所以启人思，文学所以增人感。’先生听了说，然仍有不当，郭璞的《江赋》、木华的《海赋》，何尝能动人哀乐呢。鲁迅默默不服，退而和我说：先生诠释文学，范围过于宽泛，把有句读的无句读的悉数归入文学。其实文字与文学固当有分别的，《江赋》、《海赋》之类，辞虽奥博，其文学价值就很难说。这可见鲁迅治学‘爱吾师尤爱真理’的态度！”[①]由此可知，章太炎的话，是他的文学界说即“文学者，以有文字著于竹帛，故谓之文；论其法式，谓之文学”的反映，这种传统的杂文学观，自然不能为已经接触西方文学观念的鲁迅所认可。

按照新的文学观和鲁迅对诸子的心智所许，讨论先秦诸子的第三篇开头就说：“当时足称‘显学’者，实止三家，曰道，曰儒，曰墨。”[②]这就在《韩非子·显学》所谓“世之显

① 许寿裳：《亡友鲁迅印象记·从章先生学》，北京：人民文学出版社，1953年，第24~25页。

② 鲁迅：《汉文学史纲要》，《鲁迅全集》第9卷，北京：人民文学出版社，1981年，第362页。

学，儒、墨也”的前面，拦头加上一个道家，可见著者对道家的文学史和文化史地位的推许。在以下的叙述中，老子218字，另引《老子》文116字；孔子104字，不另引《论语》文；墨子83字，杨朱24字，无另外的引文。说“时又有杨朱，主‘为我’，殆未尝著书，而其说亦盛行于战国之世”①，意见与许寿裳的回忆相似。孟子77字，引《孟子》文168字。最长的是庄子241字，引《庄子》文370字；在第四篇“屈原及宋玉”的开头，还说“战国之世，言道术既有庄周之蔑诗礼，贵虚无，尤以文辞，陵轹诸子”②，又用了26字，而且以庄子的文辞与屈原的韵言相对举，作为先秦文学之双峰并峙。在此第四篇中，补叙战国晚期的荀子139字，引《荀子》文160字。由此可见，以其对先秦诸子论述的篇幅排序：庄子第一，老子第二，荀子第三，孟子第四，孔子第五，墨子第六。而第四篇讲屈原，用了1129字，引屈原辞赋586字，都远远超出诸子之上，反映了全书主要是以现代文学观念衡量先秦文化巨匠。

《汉文学史纲要》的文化姿态，显然有别于早期的《摩罗诗力说》。在早期论文中，鲁迅告别老子：“老子书五千语，要在不撄人心；以不撄人心故，则必先自致槁木之心，立无

① 鲁迅：《汉文学史纲要》，《鲁迅全集》第9卷，北京：人民文学出版社，1981年，第364页。

② 鲁迅：《汉文学史纲要》，《鲁迅全集》第9卷，北京：人民文学出版社，1981年，第370页。

为之治；以无为之为化社会，而世即于太平。”又告别屈原：“惟灵均将逝，脑海波起，通于汨罗，返顾高丘，哀其无女，则抽写哀怨，郁为奇文。茫洋在前，顾忌皆去，怼世俗之浑浊，颂己身之修能，怀疑自遂古之初，直至百物之琐末，放言无惮，为前人所不敢言。然中亦多芳菲凄恻之音，而反抗挑战，则终其篇未能见，感动后世，为力非强。”他选路的方向，倾于思潮，即所谓“不幸进化如飞矢，非堕落不止，非著物不止，祈逆飞而归弦，为理势所无有。此人世所以可悲，而摩罗宗之为至伟也。人得是力，乃以发生，乃以曼衍，乃以上征，乃至于人所能至之极点。”而在文学史纲要中，他更注重于以释古的方式，行变古的实质。就本质而言，鲁迅不属于当时的释古派、疑古派，而是独立不阿的“变古派”。

三

然而，先秦时期的文学存在状态，毕竟是文史哲未分，诗乐舞混合，加上鲁迅是思想家型的文学家，对思想和杂学兴趣浓郁，因此，他在文学史写作中也操持着锋利的思想解剖刀。他评述老子清虚以自守、卑弱以自持，“然老子之言亦不纯一，戒多言而时有愤辞，尚无为而仍欲治天下”。[①]这就深刻地透视了老子思想复杂性和独特性的特征，后来它与

① 鲁迅：《汉文学史纲要》，《鲁迅全集》第9卷，北京：人民文学出版社，1981年，第363页。

黄帝学结合为"黄老之学"，则成为盛行于战国晚期到汉初的"君人南面之术"。鲁迅论述孟子，则侧重文体的变化："生当周季，渐有繁辞，而叙述则时特精妙，如墦间乞食一段，宋吴氏(《林下偶谈》)极推称之。"[①]并且专门引述了《孟子·离娄下》的这段"墦间乞食"，行文似乎在侧重艺术分析时，有意回避对孟子思想的批评。论老子侧重思想，论孟子侧重文体，鲁迅是以纯文学观为中轴，而牵引着丰富的批评维度的。

对于庄子，鲁迅的批评则兼及文辞和思想。既赞扬"文辞之美富者，实惟道家"，庄周"著书十余万言，大抵寓言，人物土地，皆空言无事实，而其文则汪洋辟阖，仪态万方，晚周诸子之作，莫能先也"[②]；又对其思想进行针砭："自史迁以来，均谓(庄)周之要本，归于老子之言。然老子尚欲言有无，别修短，知白黑，而措意于天下；周则欲并有无修短白黑一之，以大归于'混沌'，其'不谴是非'，'外死生'，'无始终'，胥此意也。中国出世之说，至此乃始圆备。"[③]如此评述老庄，首先，自然与当时中国贫弱挨打，急切于解剖懦弱、逃避、卑庸、隐忍的国民劣根性有关。精神关注的焦点

① 鲁迅：《汉文学史纲要》，《鲁迅全集》第9卷，北京：人民文学出版社，1981年，第364页。

② 鲁迅：《汉文学史纲要》，《鲁迅全集》第9卷，北京：人民文学出版社，1981年，第364页。

③ 鲁迅；《汉文学史纲要》，《鲁迅全集》第9卷，北京：人民文学出版社，1981年，第366页。

不同，他所痛感的诸子思想的侧面就不同。

其次，这与章太炎的影响不无关系。据周作人回忆，他们在东京听章太炎讲学持续一年多时间，章氏讲完《说文解字》之后，“似乎还讲过《庄子》”（《知堂回想录·民报社听讲》）。这为钱玄同的记录和朱希祖日记所证实。章氏《齐物论释》、《庄子解故》，就是他由当时的讲稿整理而成。据鲁迅的《书账》和《日记》记载，1912 年，鲁迅购得《齐物论释》初版本；1915 年 6 月 17 日，又得到章氏女婿龚未生送来该书的新刻本赠书。我们从这近十年间的听、购、赠中，可以约略领会到章门庄学的传递信息。章太炎向因“以佛解庄”驰名，其《诸子学略说》认为《庄子》“内篇七首，佛家精义俱在”，“内篇以《逍遥》、《齐物》开端，浅言之，逍遥者，自由之义；齐物者，平等之旨”。又说：“自庄子之说流行，不啻为研究佛法作一阶梯，此亦犹利玛窦入中国传其天算之学，而中国人即能了悟。所以然者，利玛窦未入之前，天元、四元之术，已研究有素，故易于接引也。”他这些见解未必为“五四”以后的鲁迅所诚服，但章氏反复传授庄学，不可能不给鲁迅留下深刻的印象。进而言之，鲁迅推崇魏晋文章，带有章太炎影响的更明显的印记；又由于魏晋是庄子思想文章占居思潮中心的时代，因此，对魏晋文章情有独钟的鲁迅喜欢庄子文辞，也是情理中的事情。

不过，鲁迅毕竟是在写文学史，态度相对冷静和持重。因为在他看来：“研究文学是一件事，做文章又是一件事”，

“研究是要用理智，要冷静的，而创作须情感”[1]。认识到这一点，在研究的行文中，鲁迅很少接受当时过度疑古的新异看法。比如，他坚持“儒墨二家起老氏之后”，孔子“尝问礼于老聃”，这一点也是坚持章太炎《诸子学略说》中有关“孔子问礼老聃，卒以删定六艺，而儒家亦自萌芽”的固有看法，而不追逐当时声势颇盛的某些疑古学者千方百计论证老子在庄子之后，以及《老子》书晚出的惊世骇俗之论。尤其值得注意的是，鲁迅对春秋战国思想学派的格局，全局在胸，荦荦大端地进行了如此概括：

> 察周季之思潮，略有四派。一邹鲁派，皆诵法先王，标榜仁义，以备世之急，儒有孔孟，墨有墨翟。二是陈宋派，老子生于苦县，本陈地也，言清净之治，迨庄周生于宋，则且以“天下为沉浊不可与庄语”，自无为而入于虚无。三曰郑卫派，郑有邓析、申不害，卫有公孙鞅，赵有慎到、公孙龙，韩有韩非，皆言名法。四曰燕齐派，则多作空疏迂怪之谈，齐之驺衍，驺奭，田骈，接子等，皆其卓者，亦秦汉方士所从出也。[2]

这些分析运用了人文地理学的方法，把握全局，实在是

① 鲁迅：《而已集·读书杂谈》，《鲁迅全集》第3卷，北京：人民文学出版社，1981年，第441页。

② 鲁迅：《汉文学史纲要》，《鲁迅全集》第9卷，北京：人民文学出版社，1981年，第366页。

眼光如炬，条理分明地分疏了先秦诸子发生的源流（尽管某些枝节尚可商榷），其中多数判断继承和校正了章门学术的传统，言之有据、切中要害，显示了以持重求深刻的研究风格和卓尔不群的文学史器识。也就是说，《汉文学史纲要》的治学风格，显示为坚实、持重、深厚、新颖，这无疑是鲁迅的看家本领。鲁迅的小说和杂文创作，能够对诸子言语随手拈来，灵活驱遣，新义别出，也是以他对诸子学的深厚造诣为基础的。

写到这里，不禁想到另外一个话题。鲁迅在 20 世纪 20 年代就提出“讲真话”的命题：“我们要活过来，首先就须由青年们不再说孔子孟子和韩愈柳宗元们的话。青年们先可以将中国变成一个有声的中国。大胆地说话，勇敢地进行，忘掉了一切利害，推开了古人，将自己的真心的话发表出来。”“只有真的声音，才能感动中国的人和世界的人；必须有了真的声音，才能和世界的人同在世界上生活。”[①]这里涉及一个“真话的形式”和“真话的实质”。前者是以白话代替文言，用活人说的话来写文章；后者就是说不要以古人束缚今人，要用活人的思想来想问题，即便是古人的智慧也要经过深度的阐释和转化，才有可能融入现代创新的潮流，而不成为现代创新潮流之累。八十余年过去，社会及文化语境发生了很大

① 鲁迅：《三闲集·无声的中国》，《鲁迅全集》第4卷，北京：人民文学出版社，1981年，第14~15页。

变化，就拿对先秦诸子和传统文化的态度而言，在鲁迅那个时代，许多知识者能够脱口吟诵孔、孟、韩、柳，那时要解决的是如何不落入他们的窠臼；而今天，知识者对孔、孟、韩、柳多已茫昧，需要解决的反而是加强传统文化的传承，在传承中加强现代性的创新，这样讲出来的“真话”才算具有学识博深的底气。并且，当一个现代中国已经迅猛崛起、其历史性成就已经为世界所瞩目的时候，我们也便有了足够的魄力在新的现代性高度上沟通鲁迅与先秦诸子包括孔孟、老庄、墨韩等多种多样的智慧形态，将之各得其所地重组转化到一个充满创造活力的文化总体结构之中。唯有如此，我们才算没有愧对鲁迅在开辟现代文化时“抉心自食”的那番苦心。这令人想起晚明袁中道《祭汉寿亭侯文》所说：“惟此正气，名曰浩然，塞乎天地。不欺暗室，不愧三光。……心在人中，日在天上。己抉心精，洞明灵腑。”鲁迅“抉心自食”的文化哲学，是贯注着一种充塞天地的浩然正气的。

（原载《理论学刊》2011 年第 11 期）

中国的文艺复兴的卓越先驱郑振铎

今年（2008 年）是我国著名文学家、中国社会科学院（原中国科学院）文学研究所首任所长郑振铎先生一百一十周年诞辰，也是他尽忠国事，出访阿拉伯联合共和国及阿富汗途中因飞机失事殉职五十周年。郑振铎的一生，始终与中国现代文学史上最重大的一些事件联系在一起。从文学研究会的组织到文学研究所的筹建，他多方面建树和留下近千万言的全集，对现代中国文学和文学研究事业的发展做出了不可磨灭的贡献。

在中国现代文化史上，郑振铎是一位颇具“百科全书派”性质的人物。仅就文学而言，他一生博学多能、富有胆魄的开拓，可以从以下三个大的方面加以考察：

其一，文学活动与文学编辑。郑振铎是 20 世纪中国最重要的文学活动家之一。他的一生，曾发起或参与发起许多重要的文学、文化社团，并在这些团体活动中发挥了重要的组织作用。20 年代发起组织文学研究会，开现代文学流派的先河；30 年代沟通南北，在京派、海派等不同的文学派别之间搭建起交流对话的桥梁；抗战初期寓居上海，推进“孤岛”进步文化事业，蛰居著述，并倾尽全力保护祖国文化遗产；战后坚持民主主义立场，推动国统区“文艺复兴”事业；直到50 年代创办文学研究所，其一生始终与中国现代文学、文化史上最重大的一些事件联系在一起。郑振铎又是现代中国最有成就的文学编辑之一。无论是他主办或参与主办的刊物，还是由他编辑出版的书籍，都以大气、厚重，能布出堂堂之阵称著，在中国现代文学及文化学术史上占有极为重要的地位，其中不少，堪称中国现代文学、文化史上不朽的盛业。

其二，文学理论与文学创作。郑振铎是中国新文学运动初期重要的理论家，同时也是一位在现代文学不同时期均有影响的诗人、小说家、散文家。作为文学研究会主要的组织者和理论代言人之一，他既是“五四”之后新的文艺观的引人注目的倡导者，也是对现实主义理论在中国的发展做出重要贡献的人物。只要我们研究新文学，研究现实主义在中国的发展，我们就绕不开郑振铎和他所贡献的一切。他的“文学统一观”和翻译文学思想，他率先提出“整理中国旧文学”和主张超越过度疑古的“古史新辨”尝试，他强调文学以“真”为骨和提倡“血和泪的文学”，都在现代文学思潮发展中留下独特的印记。

其三，文学研究与文学史写作。郑振铎是新文学作家中最早提出对旧文学进行整理的人，也是引进、介绍外国文学最有力的人之一。他对古籍的系统搜集和整理，以及对外国文学的介绍和对外国文学名著的翻译，均在相关领域有重要影响。作为一名卓有成就的文学史家，其《文学大纲》、《插图本中国文学史》、《中国俗文学史》等作，填补了文学史写作的许多空白，对现代中国的文学史学科的建立和发展，产生了重大的影响。他对古典小说、戏曲的研究，在中国现代学术史上更占有十分重要的位置，对包括民歌、鼓词、变文、唱本在内的其他各类通俗文学作品的研究，更是具有开拓之功。最后，他还是目前方兴未艾的中国文学图志学的先驱，其专著《插图本中国文学史》，及编纂的大量图录、画集，为我们建立这一富有生机的学科方向，做出了重要的铺垫。

一

以高大身材出现在新文坛上的郑振铎，最先给人的印象是对文学有极高的热情和理解能力，又有出色的文学活动组织能力的一代干才。在《郑振铎与〈新社会〉》一文中，唐弢先生曾经这样评价郑振铎：

> 西谛写过诗，写过散文，写过小说。在这方面似乎很难说他有多少超越同辈人的地方，然而谈中国现代文学而不涉及西谛，却是一件难以设想的事情。在文学研究会的发起人中，他是串连南北的最热心的组织者，当时身居北京，却积极写信给尚不认识的在上海的沈雁冰、胡愈之等，

力促其成。他编过《文学研究会丛书》，编过出版时间长、影响大的《小说月报》、《文学》，以及一脉相承的《文学旬刊》(后改周报)、《文学季刊》、《文艺复兴》等重要刊物。“五四”前后，西谛在北京李阁老胡同铁路管理学校读书，热烈投身学生运动，他是俄国文学最初介绍人之一，也是社会主义思想的早期播种者……①

这段话十分扼要地指出了郑振铎在中国现代文学史上的地位及意义。郑振铎是中国现代文学史上以具有综合禀赋和能力的文学活动家的姿态出现的。他以既是有影响的诗人、小说家、散文家，又是新文学运动初期重要的文学理论家作为“内学”，来开拓文学事业的新领域和新视野。他是不要“空手道”的实干家，对中国现代文学事业的贡献，不仅体现在其自身的创作和研究上，更体现在他对现代文学运动及文学研究事业确确实实的推动、组织和领导上。他的一生，正如其诗作《我是少年》中所说，始终洋溢着青春的热情和生命的活力。这样的气质禀赋，非常宜于做一个社会活动家。事实上，他的一生，也首先是以种种的社会活动给自己的时代留下了鲜明的印记。周予同说：“他的精力异常充沛，好像满溢出来似的，学术的部门实在圈不住他。”在一些历史的关键时期，如“五四”时期、“4·12”前后、抗战后及新中国成立初

① 唐弢：《晦庵书话》，上海：三联书店，1998年，第72页。

期，他也是一位有着进步思想的社会活动家。但郑振铎是一个有着很强的知识分子岗位意识的人，其政治热情始终未能真正压倒对文学及文化学术事业的兴趣①，他所从事的社会活动，也大多与文学及文化学术有关，并由于政治眼光的介入而具有文化战略家的特色。郑振铎的一生，曾经多次发起或参与各种各样的社会组织和文学社团，如20世纪20年代的文学研究会、中国著作者协会，30年代的中国文艺家协会、上海文化界救亡协会、中华全国文艺界抗敌协会，40年代的全国文协、中国民主促进会，以及新中国成立后的全国文联和作协。此外，还有一些专为研究和出版文化、学术文献而组织的团体，如“朴社”、“复社”等。在这些团体和组织中，他总是发挥着重要的领导作用，但这些组织，除中国民主促进会外，大率也都是一些文化学术性质的团体。

这位干才一手抓社团，一手抓报刊，从这两个最根本的环节上推动现代文学的实质性发展。几乎无人不认可，郑振铎是中国现代最著名的文学编辑。他以特有的身份和能力，比别人更善于把握文学写作、报刊创办、流派形成、新人涌现、商业传播的文化运作链条，从而把文学事业培育成具有

① 谈到自己中年时期所做的一些工作，郑振铎曾说：“我自信那七八年的杜门蛰居的时候，并没有什么浪费。我曾尽了我的责任。到了胜利之后，做了六七个月不相干的事，反而放弃了自己的岗位，至今还懊悔，惋惜着。”郑振铎《跋唐宋以来名画集》，《西谛书话》，上海：三联书店，1998年，第441页。

文化品位和社会效益的真正的“业”。郑振铎一生担任过主编或参与过编辑的重要期刊，除《新社会》、《人道》之外，尚有《时事新报·学灯》、《文学旬刊》(《文学周报》)、《儿童世界》、《小说月报》、《公理日报》、《文学》、《太白》、《文学季刊》、《水星》、《文艺复兴》、《民主》、《文学研究》(《文学评论》的前身）等；主编的丛书，也有《俄罗斯文学丛书》、《文学研究会丛书》、《世界文库》、《玄览堂丛书》、《明季史料丛书》、《域外所藏中国古画集》、《古本戏曲丛刊》、《中国古代版画丛刊》等许多种。他所主编的报刊中的一部分，是纯文学期刊，如《小说月报》、《文学》、《文学季刊》、《文艺复兴》等；一部分是综合性的社会文化刊物，如《新社会》、《民主》等；但都是中国现代文化史上无法绕开的存在。他编辑过的纯文学刊物在现代文学史上的重要性是对这段历史略有了解的人一望可知的，就是那些综合性的社会文化刊物，同样也有着重大的历史意义。譬如，《新社会》是中国现代第一份社会学专刊，《儿童世界》是中国现代第一份儿童读物，《民主》则是40年代后期国统区最有影响的政治刊物之一。这里不仅有他的文化理想，而且有他对新文学、新文化发展所做出的实际贡献。这种贡献的独特性或别人难以代替的地方，在于他把文学文化的丰厚资源和现代商业出版的丰厚资源卓有成效地结合起来，在资源配置上为流派形成、知识传播和众多的新人成长开拓了广阔的途径，并对以后的一些有作为的编辑起了示范作用。郑振铎的文化、文学理想一方面见诸于他的言论，另一方面也见诸于他的编辑实践。前者较为显而易见，而后者较为隐晦，但其影响却或更切实、深入。就文学而言，通过文学报刊和文学丛书的编辑，郑振铎实际上是为文学青年走向文坛，提供了一个个阶梯，为新文学的发展提供了一个又一个现实的空间。我们过去一直讲，“现代作家的成名有三级跳，第一级跳就是在报纸的副刊上发表豆腐干大小的文字，年轻人在报上题名，当然很高兴了，这就刺激了他的写作欲望，慢慢地他能够在大型的刊物上（比如在《小说月报》上，在《文学》上）发表比较长的作品，逐渐就成了名，这是第二级跳；第三级跳就跳到郑振铎、巴金他们主编的文学丛书上，有的就逐渐成为名作家了”。文学青年是现代文学史上的一个重要现象。认识现代文学青年身份变化的这样三个步骤，对了解现代文学生态的复杂性、多样性是有重要意义的。这一点理应引起我们充分的注意。

二

郑振铎是在新文学发展的各个阶段均有杰出贡献的人物，可以说，他是新文学起步的三十余年间卓越而稳健的全程式的一员大将。迄今为止的郑振铎研究，除了像陈福康先生这样的专家，一般人的注意力多集中在“五四”这一段，而对于其后数十年郑振铎在文坛的意义，较少深入地分析和研究。纵观郑振铎的一生，其文学生涯内容异常丰富，涉及面既多且广，仅就文学活动而言，其意义也不仅于某一时期、某一方面。他全程式的作为，始终与他从青年时期就抱有的中国文艺复兴梦想相关，单单用作家、理论家、学者、社会活动家，均不能综括他丰富多彩的一生。他一生的建树，乃是作家、理论家、学者、社会活动家大眼光、大魄力的综合效应所致，而且他总是和时代的方向一致，在现代历史的每个重要阶段，均对中国文学及文化做出了开拓性和推动性的贡献。下面仅就其大者，分阶段略述于下：

一、文学研究会的重要发起人和实际组织核心。郑振铎的文学活动，开始于“五四”新文化运动时期。他对中国新文学事业的第一桩重要贡献，无疑是串连南北文坛，发起成立了中国现代文学史上第一个重要的文学社团——文学研究会。1919年，正当“五四”运动高潮时期，尚在北京铁路管理学校读书的郑振铎即与瞿秋白、耿济之、瞿世英（后有许地山加入）一同创办了《新社会》旬刊，宣传社会改革和人道主义思想，并以北京基督教青年会所属“社会实进会”的名义发行，被迫停刊后，又改办《人道》月刊。1921年1月文学研究会成立，他与周作人、沈雁冰、叶绍钧、耿济之、瞿世英、许地山等十二人为发起人，其中三分之一属于“新社会”群体，他还被推为书记干事，对这一组织的发起、筹备、联络、成立，发挥了至为重要的纽带作用。文学研究会成立后，他先后出任《时事新报》副刊《学灯》及文学研究会机关刊物《文学旬刊》（后改《文学周报》）主编，1923年起又接替沈雁冰编辑《小说月报》，成为文学研究会实际上的组织核心和重要的思想代言人。在文学研究会最活跃的那些年月里，他堪称这个组织的发动机，在其后更长的岁月里，则成为这个从未正式宣布解散的文学社团成员之间相互往来的一个不变的联络中心。我们今天只要讲起文学研究会，就不得不讲郑振铎，要想深入了解文学研究会，也不得不深入地了解郑振铎的思想和所作所为。

二、20 世纪 30 年代沟通京、海文化的津梁。由于个性、兴趣、职业与政治上的一些原因，新文学第二个十年中的郑振铎，将自己的精力更多地投向了学术领域。1927 年“4·12”政变之后，他因与胡愈之等人致信公开抗议，几遭逮捕，5月在岳父等人的劝说下赴欧避难并游学，寻访巴黎国家图书馆所藏的中国小说戏曲珍本和伦敦大英博物馆所藏的敦煌变文，翻译、研究神话学和民俗学，为他其后的文学史研究积累新资料和拓展新视野。次年 10月回国后，继续在商务任职，同时又受聘为复旦大学中文系教授。1931 年 9月，经郭绍虞介绍到北平担任燕京大学和清华大学合聘教授，主讲中国古典小说和古典戏曲，并于 1932 年底出版他的学术代表作之一《插图本中国文学史》。同时他在文学活动、文学编辑方面的成绩，同样令人瞩目。众所周知，从 20 世纪 20 年代中期开始，新文学阵营开始出现明显的分化，到 30 年代之后，除了少数趋附官僚政客者流，如“民族主义文学”的提倡者之外，主流文坛更发生了左翼和自由主义、“京派”与“海派”的分野。由于历史渊源、工作性质及其复杂的文化立场原因，这一时期的郑振铎，一方面坚定地与鲁迅、茅盾等左翼文化人站在一起，参与了左翼文艺界许多重要的活动；另一方面又与周作人、沈从文等京派自由主义作家保持着密切的联系。徘徊往来于“京派”与“海派”、左翼和自由主义之间这种微妙身份，常常使他同时遭受双方的误解和猜忌，但同时也使他成为沟通南北文坛的一座重要的文化桥梁，对 20 世纪 30 年代文学的发展做出了别人难以代替的贡献。从 1933 年开始的几年间，他同时担任《文学》、《文学季刊》这南北文坛两大文学期刊的主编，对消除南北文坛的隔膜，促进 30 年代文学的繁荣，发挥了不可低估的作用。研究郑振铎 30 年代往来南北的文学活动，对于了解该时期南北文坛不同派别之间的渗透、交流和互补，对于了解整个文学界的文化生态功能，尤其具有不可忽视的意义。郑振铎无疑给当时激流翻滚的文学文化发展，增加了厚度。

三、国难时期的祖国文化守护人。“孤岛”时期，郑振铎是坚持在上海从事文学、文化活动的重要作家。这一时期他所做的文化工作，除个人的创作、著述之外，还编纂、整理、出版了一批重要的文化著作，并为抢救、保护古籍、文物等祖国珍贵文化遗产做出了难以估价的贡献。“孤岛”时期，他充分发挥自己在出版界的影响，与胡愈之、王任叔、周建人、许广平等组成“复社”，先后出版了包括《鲁迅全集》、《列宁选集》、《西行漫记》在内的许多重要著作。他蛰居著述，并倾尽心力搜求、收购旧书、文物，为保护祖国文化遗产奋不顾身。不到两年时间，为国家抢救回由江南著名的私家藏书中流散的宋、元善本，明、清精椠一万五千余种，包括异常珍贵的《脉望馆抄校本古今杂剧》二百四十二本，后者被郑氏称为“这发见，在近五十年来，其重要，恐怕是仅次于敦煌石室与西陲的汉简的出世的”。如此不避艰险地拯救民族文化命脉，令人联想到郑振铎说过的一句话：“国之所以永生者，以有无数有人格之国民前死后继耳。”（《悼伍光健先生》）同时值得注意的是，郑振铎这一时期对古书、文物的这种兴趣，也释放出了一个重要的文化信号。“五四”时期中国新文化的建设，从批判、否定自己的文化遗产开始，极端者甚至发出“把线装书扔到茅厕里去”的言论，郑振铎的态度虽然打一开始就比较复杂，但总的趋向以稳健、博大为依归，像抗战时期这样专心抢救古籍、文物，实在也体现着一种时代思潮的重要转变。

四、战后“文艺复兴”的推动者和国统区民主喉舌。从青年时代起，郑振铎就对中国的文艺复兴抱有热切的向往。20 世纪 20 年代，在《研究中国文学的新途径》中，他就曾预言：“中国文学曾因与印度文学的接触，而生了一个大时代。现在却是与西方文学相接触了，这个伟大的接触，一定会有一个新的更伟大的时代出现的。文艺复兴的预示，已隐隐现于桃红色的天空的云端了。”1945 年 8 月抗战胜利，更给他的这种向往提供了现实的依据。抗战胜利后，他先后创办《文艺复兴》、《民主》等重要杂志，成为战后“文艺复兴”运动的积极推动者和内战时期国统区民主思想的重要喉舌。由他和李健吾共同主编的《文艺复兴》是战后最重要的大型文学期刊之一，发表了许多当时最为优秀的文学作品，如钱锺书的长篇小说《围城》、巴金的长篇小说《寒夜》、李广田的长篇小说《引力》，以及包括汪曾祺短篇小说和九叶派诗歌在内的大量新人新作。这是郑振铎实现自己“文艺复兴”梦想的又一度努力。《创刊词》中说：“抗战胜利，我们的‘文艺复兴’开始了；扫荡了过去的邪毒，创立一个新的局势。我们不仅要继承‘五四’运动以来未完的工作，我们还应该更积极的努力于今后的文艺复兴的使命；我们不仅为了写作而写作，我们还应该配合着整个新的中国的动向，为民主，绝大多数的民众而写作。”中国“文艺复兴”论，成为郑振铎至为重要的文化遗言。

五、新中国文学研究事业的奠基人。新中国成立之后的郑振铎，先后担任了许多重要的领导职务。1949 年中华人民共和国成立，他被任命为中央人民政府文化部文物事业管理局局长，并兼任中国科学院考古研究所所长。1954 年起又担任文化部副部长。1953 年 2 月，经中央人民政府政务院文教委决定，附设在北京大学的文学研究所正式成立，他出任第一任所长。1955 年，该所划归中国科学院，1978 年又随哲学社会科学部的独立，正式划归中国社会科学院。创建中国文学研究所成为他人生中浓墨重彩的最后一笔。这是新中国第一个国家级文学研究机构。文学所的成立，无疑是他从文学研究会时期起就抱有的研究、整理中国文学梦想的一种实现。而历史在这样一个时刻选择他作为新中国文学研究事业的奠基人，也绝非偶然。从文学研究会的时代起，郑振铎就是一个时刻关心着中国文学研究领域进展的人。合观他为《小说月报》、《文学》及《文艺复兴》上的三个“中国文学研究专号”撰写的《卷头语》、《题辞》以及《研究中国文学的新途径》、《三十年来中国文学新资料的发展》等文章，不难看出中国文学研究发展的一种脉络。像当年中央研究院选择傅斯年做史语所的所长一样，由郑振铎出任这样一个文学所的所长，也堪称一时之选。文学所成立后的一系列事实证明，选择他当这个所的所长，选择何其芳当这个所的副所长，均是新中国成立初期我国文学研究领域一件非常有眼光的举措。郑振铎对文学所的奠基性贡献，主要表现在延揽人才，确定学术方向，以及重视收藏积累图书资料上。尽管由于工作繁忙，他不可能对有关文学所发展的所有事务事必躬亲，但他还是“对于种种筹备工作都积极地参加过意见”，“对于所里许多方面的工作也一直是关心的”[①]，而在延揽人才方面更做出了无可替代的贡献。回顾文学所的早期历史，可以发现，其研究人员主要由两部分组成：其一，是一些在中外文学研究中有影响的知名专家，如俞平伯、王伯祥、孙楷第、余冠英、钱锺书、杨绛、李健吾、唐弢、潘家洵、罗念生、

① 何其芳：《悼念郑振铎先生》，《岁月熔金——文学研究所50年纪事》，北京：中国社会科学出版社，2003年，第18页。

卞之琳、罗大冈等；其二是代表着新时代文学方向的党内文艺工作者，如毛星、蔡仪、贾芝、陈涌、王燎荧、力扬等。他们共同为文学所这个“学术国家队”的发展奠定了坚实的学术基础。前一部分人，多是郑振铎交往多年的朋友，文学所成立时，正值高等院校院系调整，利用这个机会，他“或书面邀请或亲自造访”①，尽力将这些学有所长的专家调入所内。有些人的调入，如唐弢，由于种种原因，甚至拖到了他殉职之后。同时，在这些人进入文学所以后，更在充分尊重他们的学术个性和研究专长的基础上，确定研究方向，有计划地安排他们的研究工作。譬如请王伯祥选注《史记》；请俞平伯继续他的《红楼梦》研究，并为他配备助手；请钱锺书做《宋诗选注》；请吴晓铃协助自己编辑《古本戏曲丛刊》等。从这些安排，不仅可以看出他的知人善任，看出他对朋友的爱护与关怀，更重要的是，还可看出他对中国文学研究的一种宏大的整体性构想与安排。而这一切，无疑至今还对我们的工作有着积极的启示意义。

三

郑振铎对新文学发展的全程式推动的内功和后劲，主要由于他既是早期重要的理论家和独具特色的作家，又是后

---

① 马靖云：《记忆中的郑振铎先生》，《岁月熔金——文学研究所50年纪事》，北京：中国社会科学出版社，2003年，第23页。

来积学深功、知识广博的文学史家，二者构成了他的内功和后劲的纵横二轴。二轴性的知识结构具有极大的合理性，使他英姿不减，力度刚健，应对自如。郑振铎对中国现代文学理论建设的贡献，主要表现在新文学初期，他为新的文学观念的确立及现实主义的中国化所做的一系列影响巨大的工作上。自古至今，中国文学观念凡经三变。一是从先秦到民国初年的杂文学观；二是“五四”时期吸收西方思想形成的纯文学观；三是目前正在形成中的大文学观。杂文学观，从所谓孔门四科——德行、政事、言语、文学——中发展而来，既指文章辞藻，又指典章学术，它支配中国文化生活几达两千余年，直到 20 世纪初叶才为新的观念所取代。所谓纯文学观，既是引进西方文化的产物，也是科学精神的一种体现。这种观念将文学看成一种与绘画、音乐、雕刻、表演等并立的艺术，一门与史学、哲学分科独立的学问，赋予它独立的价值，并寻求它自身的规律。这种观念支配我们的思想亦已将近百年。大文学观则是在吸收前两种文学观中的合理成分的基础上，使文学重归人类文化生活整体，是更具超越性、包容性与民族性的新型文学观念。

郑振铎开始文学活动的“五四”时期，正是中国现代新文学观念正式形成，并开始全面取代旧有的文学观的时期。郑振铎对中国新文学的第一项贡献，就是对这种新的文学观念的宣传和倡导。“五四”时期新的文学理论的引介宣传，前有《新青年》诸先驱，后有创造社、太阳社、新月社众后劲。在宣传新的文学理想上，郑振铎虽然不一定有胡适、陈独秀那样前卫，鲁迅、周作人那样深刻，但也做出了他所独有的那一份贡献。在中国现代文学发展初期，以新的、科学的纯文学观取代传统的杂文学观，是一件至关重要的工作，而他正是阐释、宣传这种文学观念最系统，也最卖力的人之一。通过《文学的定义》、《文学的使命》、《中国文人对于文学的根本误解》、《新文学观的建设》、《文学的统一观》、《论新文学建设与国故之研究》等一系列论文，他反复阐明的始终是新文学观在不同方面丰富的内涵。他对这些问题的论述，时或也有自相矛盾，笼统、粗疏之处，但毕竟为推动中国文学观念史上这一次最为重大的变革做出了不可或缺的贡献。今天看来，这一套纯文学观本身，在解释中国文学现象时，也存在着一些这样那样的问题，甚至一些难以弥补的缺陷，需要以一种新的更具包容性的大文学观所取代，但历史地看，它毕竟为文学的充分自觉，为 20 世纪中国文学的发展，注入过强大的动力，甚至直到今天都决定着我们的文学研究的一些重要原则。

除了系统地阐明新的文学观念，郑振铎还对新文学史上的现实主义理论的发展做出过不少工作。在中国现代文学史上，文学研究会是一个以提倡“为人生”的文学主张而将现实主义理论中国化的重要文学团体。文学研究会成立的一个基本前提，就是它的发起人和主要成员均相信文学的重要，相信文学可以为启蒙和改良人生做出积极的贡献。文学研究会成立后，先后展开了多次与其他派别之间的文学批评和文学论争活动，比如与“鸳鸯蝴蝶派”之间的论争，与“学衡派”之间的论争等，在这些论争中，郑振铎发表了许多有影响的文字，为宣传、维护“为人生”的文学主张做出了重要的贡献。这些文章，如《新旧文学的调和》、《语体文欧化之我观》、《论散文诗》、《民众文学的讨论》、《血和泪的文学》等，不但在引进、确立新的文学理念上发挥了积极的意义，而且也为促进现实主义理论的中国化开拓了道路。他所提出的一系列理论观念和问题，如“文学的统一观”，“血与泪的文学”等，不但在当时产生了很大的影响，就是到今天，仍值得我们认真地去回味、总结。

作为中国新文学运动的热忱参与者，他也创作了为数不少的文学作品，并有着相当的影响。唐弢先生论及他在诗歌、小说、散文等方面的创作尝试，不止一次说：“我觉得在这些方面似乎很难说他有多少超越同辈人的地方，然而他的渊博，他的单纯，他的充满着历史感情的热烈的预言，却很难从别个作家中的作品里找到。”[①]作为谊在师友之间的相知故旧，唐弢先生的评论，是相当持平而公允的。客观地说，郑振铎在文学创作上的成绩并不怎样特出，但其小说、诗歌，尤其是散文的写作，仍然成就了自己的特色。他的诗

① 唐弢：《序》，郑尔康编：《郑振铎》，北京：人民文学出版社，1992年，第4页。

歌，除收入1922年出版的新文学初期著名诗歌合集《雪朝》中的一辑外，尚有出版于1937年10月的《战号》及为数不少的集外之作。这些诗作感情热烈、真率，语言质朴，但却往往疏于意象的选择、意境的营造，以及语言文字的锤炼、铸造[①]。他的诗作的意义，主要在为中国白话诗歌的开路上。在《雪朝》的短序中，他曾这样表明他的诗歌观念："诗歌是人类情绪的产品。我们的心中有了强烈的感触，不管它是苦的，乐的，或是悲哀而愤懑的，总想把它发表出来：诗歌便是表达这情绪的最好工具。""诗歌的声韵格律及其他种种形式上的束缚，我们要一概打破。因为情绪是不能受任何的束缚的……""我们要求'真率'，有什么话便说什么话，不隐匿，也不虚冒。我们要求'质朴'，只要把我们心里所感到的坦白无饰地表现出来……"对自己的不擅作诗，郑振铎也是有着充分的自觉的。《雪朝》短序说，这些诗"自己知道是很不成熟的"，《战号·献词》一开头也先声明："我不是一个诗人"，但他还是认为，它们"虽不能表现时代的精神，但也可能说是各个人的人格和个性的表现"[②]，他的诗作的特色和意义或许正是如此。

郑振铎的小说，主要有《家庭的故事》、《取火者的逮

① 郑振铎：《郑振铎文集》第2卷，北京：人民文学出版社，1963年，第31页。

② 郑振铎：《郑振铎文集》第2卷，北京：人民文学出版社，1963年，第3~4页。

捕》、《桂公塘》、《黄公俊之死》、《毁灭》、《汨罗江》等。其中《家庭的故事》是他于20世纪20年代前期及旅法期间写的短篇小说集，其中所写，拿作者自己的话来说，都是“旧家庭的‘积影’”。就内容而言，皆不过家庭生活细事，但其间时时渗透着人间生活的温情，其新颖、细腻处，颇能打动读者的情怀。特别值得注意的是，虽然作者是“五四”精神产儿，但这些作品“对于旧家庭，旧人物，似乎没有明显的谴责，也许反有些眷恋”，也正由此，它的意义，或许是从另一个方面透射出了新文学人道主义的光辉。虽然作者明确说过，这些故事“并不是我自己的回忆录，其中或未免有几分是旧事，却绝不是旧事的纪实”，“我生平最恨黑幕派的小说或故事，当然自己绝不会写出有‘索隐’的可能的故事来”[①]，但其中一些篇什，如《书之幸运》，仍可以让我们分明地看到作者自己生活的一些影子。在中国现当代文学史上，历史小说的写作，一直是一支重要的流脉，郑振铎可以说是鲁迅之外，现代文学史上写作神话、历史小说最有成就的作家之一。按他自己的说法，这些作品写的虽是古代的神话、历史，“说的却是当时当地的事”，其中《桂公塘》一篇，写南宋末年，文天祥受命到元军营议和，为蒙古军统帅伯颜扣留，逃出后在扬州、真州之间奔逃的故事。小说写于抗战之前，并曾在抗战期间

① 郑振铎：《郑振铎文集》第1卷，北京：人民文学出版社，1963年，第3~4页。

出版发行，其现实感慨和寓意显而易见。由于成功塑造了文天祥这一体现着民族正气和知识分子忧患意识的崇高英雄形象，作品甫一发表，即在文坛引起热烈的反响，并且开启了抗战时期历史小说多写宋末明末题材的先河。

在郑振铎的文学创作中，更能体现其艺术气质的还是他的散文。郑振铎始终都是一个学者型的作家。他的小说“描写生活较少，叙述史实较多，他不大注意文学语言的锤炼，却自有朴素真率之处，在散文里表现得更为显著”[①]。郑振铎的散文作品，主要有《山中杂记》、《海燕》、《欧行日记》、《西行书简》、《民族文话》、《蛰居散记》等。确如唐弢先生所论，其动人之处，首在朴素真率。20世纪30年代，郁达夫在编选《中国新文学大系散文二集》时曾说：“郑振铎本来是一个最好的杂志编辑者，转入考古，就成了中国古文学鉴定剔别的人。按理而论，学者是该不会写文章的，但他的散文，却也富有着细腻的风光。”[②]郁达夫说到的有着“细腻的风光”的散文，大概主要指他收入《山中杂记》、《海燕》两集中的篇什而言。这些文章感觉精细，文辞清丽，其艺术姿态颇合于现当代文学史上曾不止一度地流行过的所谓纯文学散文理想，其中一些篇章，如《月夜之话》、《蝉与纺织娘》、《海燕》等，也曾一再为人称美，被视为现代文学史上抒情

① 唐弢：《序》，郑尔康编：《郑振铎》，北京：人民文学出版社，1992年，第4~5页。

② 郁达夫：《中国新文学大系散文二集·导言》。

写景的名篇。但像现代文学史上许多著名的散文作家一样，郑振铎散文的风格，也经历过一个从青年时期的轻俏优美到中年后的质朴老成的变换。大约从出版于1934年的《欧行日记》开始，他的文风变得更为厚重、朴实。这部原写于1927年，保存七年后经适度删改公开出版的日记，按他自己的说法，“绝对不是着意的经营，从来没有装腔作势的描叙——因为本来只是写给一个人看的——也许这种不经意的写作，反倒觉得自然些”。此后经《西行书简》，到《蛰居散记》，一直延续着这种文风。《蛰居散记》写他在上海沦陷后的生活，如果说其前期作品尚多流丽轻俏之致的话，到《蛰居散记》，则洗尽铅华，更以随意挥洒的自如和感情真挚的抒写而动人情思。40年代后期，由于老友夏丏尊、许地山、耿济之、朱自清等的相继辞世，郑振铎的感情更趋深沉，《悼夏丏尊先生》、《悼许地山先生》接连几篇怀人之作，于朴实真挚中传达出一种极深的哀思，沉郁哀痛，更达到一种令人沉思低首的境界。

郑振铎是一个激情的人，又是一个理性的人。他有的是激情，但这激情似乎更多转化为社会活动的动力，而未将其沉潜发酵为文学的醇酒。他有的是理性，但他将这理性更多地应用于历史的考察研究，而较少从事直接的现实社会剖析。他既是杰出的社会活动家，又是相当优秀的学者，但其创作成就却似乎始终未臻一流。

四

作为其知识结构的二轴之一，郑振铎对中国现代文化的贡献，由于同样表现在学术领域而显得根基深厚。郑振铎的学术兴趣，一向广博，而且每涉猎一个领域，均是一头扎进去，从最基础的搜集原始资料做起，直到取得重大收获为止。这在其同代学人中，也是屈指可数的。他不但是著名的文学家，而且是有突出成就的藏书家，版本、目录学家，考古学家和美术史家。但其一生学术贡献的最着力处，或许仍在文学及对文学的历史考察。他的好友周予同在《汤祷篇》序里说："振铎兄治学的范围是辽广的，也是多变的。他从'五四'运动前后起，由接受社会主义思想而翻译东欧文学，而创作小说、抒写散文，而整理中国古典文学，而探究中国古代文物。概括地说，他的学术范围包括着文学、史学和考古学，而以中国文学史的研究为他毕生精力所在。"

郑振铎的文学史研究，包括整理和著述两个方面。他是中国现代最早提倡对中国的旧文学进行整理的人之一。1921年文学研究会成立，其《简章》即宣示："本会以研究介绍世界文学整理中国旧文学创造中国新文学为宗旨。"《小说月报》第12卷第2号刊登的《文学研究会会务报告(第一次)》言及出版刊物的打算，也是以"灌输文学常识，介绍世界文学，整理中国的文学并发表个人的创作"为目标[①]，从这些表述可

① 《小说月报》第12卷第2号，1921年2月出版。

以看出，作为新文学社团的文学研究会，在确立自己的工作目标时，研究、介绍、整理的任务还在创造之先。有研究者指出，郑振铎是新文学运动史上第一个提出“整理旧文学”口号的人[①]。1922 年，他就在《文学旬刊》上发表过《整理中国文学的提议》，就整理的范围、整理的方法，提出过系统的意见。1923 年 1 月，他接替沈雁冰编辑《小说月报》后的第一期（第 14 卷 1 号），即刊出《整理国故与新文学运动》专栏。作为对当时“整理国故”思潮的一种回应，针对《国学季刊》创刊后，“整理国故”之说颇遭非议的情况，他在《新文学之建设与国故之新研究》一文一开首即表明自己的态度：“我主张在新文学运动的热潮里，有整理国故的一种举动。”“我以为我们所谓新文学运动，并不是完全推翻一切固有的文艺作品。这种运动的真意义，一方面在建设我们的新文学观，创作新的作品，一方面却要重新估定或发现中国文学的价值，把金石从瓦砾中搜找出来，把传统的灰尘从光润的镜子上拂拭下去。”[②]专栏中沈雁冰、顾颉刚的文章，着重表达的也都是偏于主张国故的整理对于新文学运动很有利益一方面的论调。他这一时期有关整理旧文学的思想，与同期胡适整理国故的主张之间存在着彼此呼应的关系，“郑振铎整理旧文学的

① 陈福康：《郑振铎论》，北京：商务印书馆，1991年，第183页。

② 郑振铎：《新文学之建设与国故之新研究》，《小说月报》第14卷第1号，1923年1月。

思想许多方面是胡适整理国故思想的深化和细化"[①]，从学术的角度看，这或许是一个值得深入研究的问题。不过，需要指出的是，就郑振铎思想自身的发展而言，这里自有其独到的理路，他关于旧文学整理的主张，并不是单纯用"胡适整理国故思想的深化和细化"所概括得了的。

郑振铎整理中国文学的思想，有着丰富的内容。如前所述，其第一个层面，主要体现在以新的文学观念对传统中国文学体系进行系统的界定、分疏上。第二个层面，自是对古典文献的搜罗、编目、校辑、整理，也就是我们今天所说的古籍整理。他的一生，曾经整理出版过大量的古典文献，如《脉望馆抄校本古今杂剧》、《玄览堂丛书》、《晚清文选》、《古本戏曲丛刊》等。其《清代文集目录序》云："予收书始于词曲小说及书目。继而致力于版画，遂广罗凡有插图之书。最后乃动博取清代文集之念。"他的一生，为搜罗、保护、出版这些文献所做的工作，在学界已是尽人皆知，这里不再赘述。

郑振铎对中国文学整理、研究的重视，同样体现在他的编辑工作中。而且通过核心刊物的辐射作用，使这种意识传播于读书界。郑振铎编辑的重要文学期刊，几乎全都十分重视文学研究，《小说月报》、《文学》和《文艺复兴》均辟有"中国文学研究专号"，《文学季刊》由于与京派的特殊关

① 徐雁平：《胡适与整理国故考论——以中国文学史研究为中心》，合肥：安徽教育出版社，2003年，第198页。

系，也带有较为浓厚的学院气息，而且均配有古籍和文物的插图。《小说月报》第17卷号外的《中国文学研究》专号，出版于1927年6月，分上下两册，是“五四”以来文学研究成果的一次重要展示，而其意义，按他自己后来的说法：“最重要的是把小说、戏曲、弹词、宝卷等那些向来被视为‘不登大雅之堂’的民间文学，抬出来和周秦诸子，两汉文章，唐诗宋词同样地作为研究的对象。……把中国文学的研究，不再局促于本国的载籍的圈子以内，而能跳出好‘迷恋骸骨’的如来佛的手掌心；知道中国文学在世界文学里，并不是孤立的，也并不是独往独来，空无依傍的……她是世界文学的大家族里的一员。”他这种兴趣数十年不衰，见于《文学》杂志的第二个“中国文学研究专号”，“在实际上是承继了第一个‘专号’的工作而继续的发展下去的”[①]；见于《文艺复兴》的第三个“专号”规模更为宏大，可以看作是对抗战以来文学研究成果的一次检阅。三个专号的编辑，具体的撰稿人和研究对象虽然因时变化，不变的是它对民间文学的浓厚兴趣和世界文学视野。这正是郑振铎文学史观的要点所在。发表在三个专号上的论文，如《小说月报》上朱湘的《古代的民歌》、欧阳予倩的《谈二黄戏》、钟敬文的《中国蛋民文学一脔》、许地山的《梵剧体例及其在汉剧上的点点滴滴》、卫礼贤的《歌德与中国文化》、陈垣的《十四世纪南俄人之汉文

① 郑振铎：《题辞》，《文艺复兴·中国文学研究专号上》，1948年9月。

学》;《文学》杂志上顾颉刚的《滦州影戏考》、吴晗的《历史中的小说》、朱自清的《论“逼真”和“如画”》、洪深的《申报总编辑〈长毛状元〉王韬考证》;《文艺复兴》上闻一多的《伏羲与葫芦》、高名凯的《音质与诗词》、隋树森的《秋涧文集中的元代曲家史料》、季羡林的《柳宗元黔之驴取材来源考》、《中国文学在德国》、吴晓铃的《跋饮虹簃刊本林石逸兴》、董每戡的《说傀儡》、《傀儡戏考原》等,都是中国文学研究的力作。1957 年,郑振铎还担任了国务院科学规划委员会古籍整理规划小组负责人之一,同一年,又在《政协会刊》上发表过《整理古书的建议》,成为新中国古籍整理事业的奠基人之一。

郑振铎也是中国现代最有成就的文学研究者之一。作为“五四”所培养起来的那一代文化人,郑振铎的文学观念,深受科学、民主思潮影响。而这也构成了他整理、研究中国文学的最根本特点。对民主精神的坚持,使他在学术研究中,更多地注意发掘那些民间性的、大众性的东西;对科学性的坚持则使他更注意文学研究自身的规律,注意对文学资料的出于实证精神的发掘、整理。以科学精神研究文学,郑振铎堪称成就斐然的代表人物。《中国文学研究的新途径》一开始就区分“鉴赏与研究”,指出“鉴赏是随意的评论与谈话,心底的赞叹与直觉的评论;研究却非有一种原原本本的仔仔细细的考察与观照不可”。“文学的自身是人的情绪的产物,文学作家大半是富于想象的浪漫人物,文学研究者却是一个同样的人，他是要以冷静的考察去寻求真理的。所谓文学研究也与作诗作剧不同。它乃是文学之科学的研究。”也正是基于此，他提出了将新的文学研究建立在“近代的文学研究的精神”基础上的主张，这便是 B.G.Nowlton 在《文学的近代研究》一书中所说的：文学的统一研究，归纳的研究，文学进化的观念。

按他自己的说法，“所谓文学的统一观，便是承认文学是一个统一体，与一切科学、哲学是一样的，不能分国单独研究，或分时代单独研究。因为古代的文学与近代的文学是有密切关系的，这一国的文学和那一国的文学也是有密切的关系的。我们研究文学应该以‘文学’为单位，不应该以‘国’或以‘时代’为单位”。①正由此，他在致力中国文学的研究的同时，也非常注重对世界文学介绍，以及从不同国别，不同文化间文学的相互影响上去研究文学史问题。他在介绍世界文学和中国文学史研究领域的贡献，一向有口皆碑。20 世纪 20 年代，由他撰写并连载于《小说月报》的《文学大纲》，“堪称我国在世界文学史课题方面的开山之作”②。他在该书《叙言》中宣称，文学“无国界”，文学“无古今界”，文学属于“人类全体”。由他翻译介绍过来的外国文学作品及学术著作，如《海鸥》、《六月》、《贫非罪》、《灰色马》、《高加索民

① 郑振铎：《整理中国文学的提议》，《文学旬刊》第51期，1922年。
② 郑振铎：《重印说明》，《文学大纲》，桂林：广西师范大学出版社，2003年。

间故事》、《沙宁》、《俄国短篇小说译丛》、《飞鸟集》、《新月集》、《泰戈尔诗》、《印度寓言》、《莱森寓言》、《民俗学浅说》等，在现代文学史上均产生了不小的影响。此外，他还著有《俄国文学史略》、《希腊罗马神话中的英雄传说》等作。他所主编的《小说月报》、《文学》、《文艺复兴》等刊物，也都辟有介绍、研究世界文学的专号、专栏、专辑。30 年代，他所主编的大型丛书《世界文库》，兼收中外古典文学名著，其规模宏大，影响深远，堪称中国现代文学出版史上的盛举，可惜因种种原因，未能如原计划完成。就是在研究中国古典文学时，他也特别重视中国文学在世界文学中的地位，重视中国文学所受外来文化的影响。

郑振铎的中国文学研究，特别注重新资料和新方法的运用。因为文学史观念的更新，尤其是其内在的价值系统和文化视野的更新，必然要求以新的方法来发掘和发现那些被历史尘埃遮蔽或被严重边缘化了的资料。这种变化不应被当成仅仅是标签的变化，而应深入到更为内在的知识体系的变化。郑振铎“五四”时期发表的有关论文已于此有清晰的论述，1933 年发表于《文学》“中国文学研究专号”的《中国文学研究者向哪里去？》仍说：“我们到底要向哪里去呢？向新题材和新的方法里去……”他对中国文学研究的贡献，也主要体现在这样两个方面：一是题材、内容的扩展，二是观念、方法的更新。他的古典文学研究，在对象的选择上，有着明显不同于前人的取舍。与写作《白话文学史》的胡适一样，他也不再将文学研究的注意力集中在传统的诗、文，而更将它投向那些更贴近民众生活的小说、戏曲，以及那些至今未在文学史中占有重要位置的变文、宝卷、弹词、鼓词等俚曲俗调。郑振铎治学，志趣倾注于新资料的发现与新材料的运用，“因为研究的复杂，搜罗材料的求全求备，差不多不弃瓦石和沙砾”。[①]旅居欧洲期间，他的一项日常工作，就是出入巴黎、伦敦的图书馆，观看那些流失在海外的中国古代文献资料，包括不少属于孤本善本的小说、戏曲，也包括被劫夺到国外的珍贵的敦煌俗文学文献。归国后，更是为搜求图书花费了大量的心血，成为在这一领域占有原始资料最多的人之一。除了资料的搜辑、整理，他也非常注意用历史演化的观点，对这些资料做出阐释、处理。正是在这样的基础上，他写成了像《〈水浒传〉的演化》、《〈水浒传〉的续书》、《〈三国志演义〉的演化》、《〈西游记〉的演化》、《〈岳传〉的演化》、《谈〈金瓶梅〉词话》、《关于游仙窟》、《明清二代的平话集》等论文。尤其是里程碑式的《插图本中国文学史》、《中国俗文学史》等著作，为中国古典小说、戏曲及俗文学的研究，做出了开拓性的贡献。郑振铎的古典小说研究，注意力主要在明清以来的白话小说，由于占有许多新的资料，他的研究往往于关键处取得重要的突破，并给后人以很大的启迪。郑振铎的古典戏曲研究，同样首先在于发掘、整理、出版了一大

① 郑振铎：《失书记》，《西谛书话》，上海：三联书店，1998年，第200页。

批珍贵的戏曲作品与戏曲史料，从而为这一学科的发展，从根本上夯实了基础。就此而言，郑振铎堪称王国维、吴梅之后对古典戏曲研究最有贡献的学者之一。他的古典戏曲研究论文，除了有关资料的考证、分析，着重注意的首先也是历史演变之迹，如《元代“公案剧”产生的原因及其特质》、《西游记杂剧》、《〈西厢记〉的本来面目》等作，都是著名的例证。其中一些文章，如《论元代商人、士子、妓女间的三角恋爱》，对作品所反映的社会生活，也做出了精到的分析。它以透彻的眼光，从一系列杂剧中概括出士子与妓女相逢相恋，鸨母图商人之财而作梗，妓女嫁作商人妇或逃脱，士子衣锦还乡团圆这么一个模式，也从《元史・选举志》、《食货志》中分析出士人地位没落、生活贫困，商业繁荣而商人暴富，尤其茶商盐商最称豪富，因而在实际生活中妓女十之八九随商人走了，杂剧留下的只是失落的士子寻找精神补偿的“团圆梦”。文章最后还引刘时中的散曲称商人“一家家倾银注玉多豪富，一个个烹羊挟妓夸风度”为三角恋爱杂剧的注脚。文章展示了元杂剧研究中前所未见的新视野、新思路，因而被鲁迅称作“真是洞见隐秘”①。

在20世纪30年代的文学史写作中，《插图本中国文学史》无疑是一部扛鼎之作。郑振铎反思了起步尚不及三十年

① 鲁迅：《致郑振铎》，《鲁迅全集》第13卷，北京：人民文学出版社，2005年，第340页。

的几十部文学作品，深刻地感受到其中的不完整性（“肢体残废”）和不丰满性（“或患着贫血症”），有意于编写一部比较完备的，能显示中国文学的整个发展过程和整个真实面目的书。他借鉴法国丹纳和北欧勃兰兑斯的文学史观念及写作方式，以全书三卷六十章近八十万字的篇幅，展示了丰富复杂的作家作品、思潮流变和文体脉络，力图使这部文学通史成为“民族的精神上最崇高的成就的总簿”。它把民间创作与外来影响视为“中国文学进展的两个动力”，自许“本书所包罗的材料，大约总有三分之一以上是他书所未述及的；像唐、五代的变文，宋、元的戏文与诸宫调，元、明的讲史与散曲，明、清的短剧与民歌，以及宝卷、弹词、鼓词等等皆是”（该书《例言》）。这就打破了此前文学史重在诗文的格局，使变文、戏文、散曲、昆腔与《诗经》、《楚辞》、先秦散文以平等的身份进入文学史主流写作，遂导致全书的篇幅唐以后为先秦至隋的三倍，极大地强化了文学史写作的民间立场和平民意识。它的分期标准，“就文学史上的自然的进展的趋势，分为古代、中世及近代的三期，中世文学开始于东晋，即佛教的文学开始大量输入的时期；近代文学开始于明代嘉靖时期，即开始于昆剧的产生及长篇小说的发展之时”。这既反映了外来的和民间的两个动力的关键作用，也使文学史写作的重点因缘于文体的发展，使文体脉络在文学史过程中凸显出来。

值得指出的是，郑振铎虽然也意识到了文学的独立意义，但在具体的研究中，却未能像英美新批评家一样，对文学的“外部研究”和“内部研究”做出自觉的界说。他的文学研究，虽然注意发展规律，但也主要属于新批评所谓外部研究的范围，更多注意的是属于小说、戏曲的生成、演化及其题材、内容上的变化，而对文本本身的解读、分析则难免有所忽略。鲁迅说“郑君治学，盖用胡适之法，往往恃孤本秘籍，为惊人之具，此实足以炫耀人目，其为学子所珍赏，宜也。我法稍不同，凡所泛览，皆通行之本，易得之书，故遂孑然于学林之外……郑君所作《中国文学史》……我曾于《小说月报》上见其关于小说者数章，诚哉滔滔不已，然此乃文学史资料长编，非‘史’也。但倘有具史识者，资以为史，亦可用耳。”（1932年8月25日致台静农）[①]这些话来自平日读报刊文章的印象，见于未及全读该书时的私人通信，虽然触及郑氏治学的某些特点，但更多地折射着当时重史料的风气，比如傅斯年说“近代的历史学只是史料学”，鲁迅拟编文学史，也主张“先从作长编入手”。

受“五四”民主思潮及白话文学观影响，郑振铎的文学研究一向注重民间文学的意义。即便论及一些较为正统的文学——如《诗经》，其着意彰显的也偏重于民间性和大众性的一面。那些寻常人们不大重视的民间文学资料，在他眼里都被视若珍宝。除小说、戏曲资料之外，他还曾花大力气搜求

① 鲁迅：《致台静农》，《鲁迅全集》第12卷，北京：人民文学出版社，2005年，第321~322页。

到不少的弹词、宝卷、鼓词和唱本，其中仅从平津到潮汕的小唱本，就“积到二万余册之多”[①]。其学术代表作之一《中国俗文学史》第一章云：“所谓‘俗文学’就是通俗的文学，就是民间的文学，也就是大众的文学。……凡不登大雅之堂，凡为学士大夫所鄙夷，所不屑注意的文体都是‘俗文学’。”“‘俗文学’不仅成了中国文学史的主要的成分，且也成了中国文学史的中心。”该书十四章，除首章外，其余各章依次论述“古代的歌谣”、“汉代的俗文学”、“六朝的民歌”、“唐代的民间歌赋”、“变文”、“宋金的‘杂剧’词”、“鼓子词与诸宫调”、“元代的散曲”、“明代的民歌”、“宝卷”、“弹词”、“鼓词与子弟书”、“清代的民歌”，其规模，其见识，在有关领域的研究中至今还占有十分突出的位置。该书尤其欣赏俗文学中天真未蓄的新鲜，及其宏伟气魄、奔放想象。比如称赞《土地宝卷》把白发苍苍又顽皮无赖的土地公公，写成与玉皇大帝斗法的英雄，屡困天兵天将，成为齐天大圣孙悟空以来最顽强的“天”的敌人，其斗法的手段充满了幽默的趣味。在一段时间里，郑振铎几乎逢人便道《土地宝卷》，赞不绝口。

郑振铎也是中国文学图志学的先驱。郑振铎的学术兴趣的另一个重要特点，就是他十分注意插图的意义，注意对古代版画、图籍的整理。郑振铎对图籍，尤其是插图、版画的重视，固然有个人趣味的原因，有和日本欧美各国所作对比

① 郑振铎：《失书记》，《西谛书话》，上海：三联书店，1998年，第200页。

激起的民族自尊心，有针对文物的流失抢救国宝的意图，但也和他学术普及的思想有关。他曾说："对于图画，雕刻，我有特殊的嗜好。在欧洲的时候，几乎天天跑博物院。见到了他们出版的书籍插图的丰富，往往自惭我们的不争气。"早在1927年，他就在《小说月报》第18卷第1期上发表过《插图之话》的长文，纵论中外古今插图艺术的特点，并对中国古代石刻、版画等与文学有关的图籍，尤其是明清小说、戏曲中插图艺术的发展，做出了开创性的论述。1932年出版的《插图本中国文学史》，是我国第一部自觉地将插图与文字结合起来叙述文学发展脉络的文学史著述，堪称文学图志学的滥觞。1933年，他与鲁迅合作编印《北平笺谱》，获得成功后又商议翻印《十竹斋笺谱》，并于鲁迅去世后独立完成。此后，对文学插图的重视，又扩展到许多其他方面。由他编纂出版的重要图志性著作，便有《中国版画史图录》(1940)、《中国历史参考图谱》(1946)、《敦煌壁画选》(1951)、《西域画》、《域外所藏中国古画集》、《伟大的艺术传统图录》(1952)、《中国古代木刻画选集》(1952)、《中国木刻史略》、《韫辉斋所藏唐宋以来名画集》等。由于这一系列贡献，他不但成为我国现代重要的美术史家，更成为目前我们正致力建设的中国文学图志学的前驱。不过，同样需要指出的是，对于一门真正意义上的图志学的建立，郑振铎确有开拓之功，但他于此所做的工作与思想认识仍是有其局限的。那就是在图文关系上，他所看重的仍主要是图，而对图所蕴的内在信息，以及与之相关的文的意义，尚有估价不足或开掘不深之嫌。也就是说，在他那里，文字仍是图的说明，而未获得一种平等的、相互呼应、相互阐发的更为复杂的关系，未能充分建立一种图文互动的互文性关系。也正因此，他虽然十分看重文学插图，并在《插图本中国文学史》等作中为文学的图志学方向做出了筚路蓝缕的工作，但其后所做的一切却更近于为美术史研究做资料上的准备，而未能明确提出并建立起文学图志学的完整格局，为从文明史的角度开拓、整合文学艺术研究开拓出更宽广的道路。

最后，还要说到的是，在从事专业的、专门的研究之外，郑振铎也十分重视学术文化的普及工作。1947 年，在《跋唐宋以来名画集》一文中，他就曾指出："日本人有一种好处，便是力求学问的普及化；不一定深入，但改求显出，人人都可以享受，都可以懂——至少可以欣赏。他们学术界的天天在进步，与一般人的学术兴趣的浓厚，并不是没有原因的。我们的专家们也许只求深入，只想'藏之名山，传之其人'的名著，却忘记了使一般人都能够领略学问趣味的使命了。不知道'学问'是公器，绝不是少数人所能把持得住的东西。最大多数的老百姓是绝不会永远被拒绝于学术的大门之外的。总有一天，人人都可以有享受学术研究的自由与兴趣的。"① 这番话，在央视的《百家讲坛》已成为一种重要文化现象的

① 郑振铎：《跋唐宋以来名画集》，《西谛书话》，上海：三联书店，1998年，第439页。

今天来读，更觉意味深长。从这样的认识出发，郑振铎一生所做的学术文化工作，就常常同时照顾到深入和普及两个方面，而他自己个人的著述，也既有极专业的、精深的部分，又有许多面向大众的、普及性的东西。

五

郑振铎的一生，洋溢着充盈的生命激情，他敏锐博大，宽厚宏博，影响巨大，著作等身。评价他的一生，实用得上这样一副对联："海纳百川，有容乃大；壁立千仞，无欲则刚。"然而，他的身份、经历、成就的复杂性，也决定了全面评价他时的特殊困难。郑振铎的一生，赢得了许多社会荣誉和积极的评价，但也在不同时期引起了一些批评和误解。20世纪30年代，由于和左翼和自由主义文人间的复杂关系，他一方面被排斥在"左联"之外，另一方面又受到"新月派"中某些人的排挤，被婉拒在朱光潜担任主编的《文学杂志》的编委之外；一时因"卖书"事件遭燕京大学一些人的诋毁；一时因《文学杂志》事件受到鲁迅的猜疑。20世纪50年代之后，随着社会形势的变化，身居高位的他，也面临着如何适应新的时代的重大挑战。就在他辞世前夕，北京大学中文系二年级瞿秋白文学研究会就在人民文学出版社出版的《文学研究与批判专刊》第4辑上发表了批判他《插图本中国文学史》和《中国俗文学史》的两篇文章，称"郑振铎先生是中国文学史研究者中的一面白色大旗"。就是在他的身后，有关他的评价，仍然是一个并不简单的问题。在文学史附从于革命史的年代，郑振铎虽然以其激进的姿态得以侧身进步作家之列，但同时又因这种激进姿态的不够彻底而未得到更高的估价；在文学推崇“纯粹”，学术崇尚“专家”的年代，他又因其驳杂广泛而不得与沈从文、钱锺书等人物比肩。时至今日，如何正确评价中国现代文化史上这样一位“百科全书派”式的人物，如何全面继承他的文学及学术思想遗产，似乎仍然是一个我们不得不去认真思考的问题。需要特别指出的是，评价郑振铎，我们绝不能仅限于其某一方面的成就，更不能割裂他的社会实践和他的文化理想之间的关系。作为“五四”所培养起来的那一代杰出文化人中的一员，郑振铎的文化理想，始终与其“新社会”理想和中国的“文艺复兴”之梦密切相关；而他所有的文学、文化努力，也只有在这样一个背景之下才能得到完整的阐释和理解。从青年时代起，郑振铎就憧憬着“中国的文艺复兴”，中年之后，更为这个理想不顾艰险，不图名利，稳健务实，奋斗不息，直到生命的最后。这一切业已形成一种宝贵的精神遗产。在中华民族即将迎来期盼已久的复兴的今天，重温、总结郑振铎一生的文学、文化学术实践，无论是从繁荣我们的文学创作和文学研究事业的角度，还是从文化研究、文学批评的角度，都有重要的意义。这不但十分必要，而且正得其时。

（本文与邵宁宁合著，原载《文学评论》2008 年第 3 期）

文学奇才顾毓琇

顾毓琇，字一樵，是一位在科学技术和文学艺术众多领域表现出突出的能力和取得杰出成就的世纪性人物。他是“德高、智高、寿也高”的博学鸿儒、文理兼通的旷世奇才。他不仅在国际电机学上享有盛名，是“顾氏变数”的创立人，而且在文学、音乐、禅学、教育方面卓有建树。他科学与文艺兼长，天才与学力交辉；又能兼通文史哲，兼长诗词曲，学识与才气超逸，精力过人，思维多有出奇制胜的独步之处。这样的文化通才，实在是独出群伦，百年一遇。

十几年前，我参与主编《顾毓琇全集》十六卷近五百万字，于2000年12月由辽宁教育出版集团出版，并且荣获第五届国家图书奖荣誉奖。顾毓琇老人知道由我牵头主编，非常高兴，因为他读过我当时在《光明日报》上连载的《唐宋诗词会心录》。我们也发挥专家编书的作用，由清华大学教授负责科学几卷，由文学研究所的专家负责诗词戏剧几卷，并且专门请了宗教所的禅学专家校阅《禅宗师承记》、《日本禅师承记》和英文《禅史》。校正了以往版本的不少错字，手稿上的笔误、紊乱、模糊之处，还发现了散在早期报刊、尚未收入集子的轶文。这些都一一送交顾老先生过目。最终编纂成《顾毓琇全集》十六卷，第1卷为“散文、小说”；第2卷为“戏剧”；第3卷、第4卷、第5卷、第6卷为“诗词”；第7卷为“音乐”；第8卷为“论著”；第9卷、第10卷为“佛学”；第11卷为“自传”；第12卷、第13卷、第14卷、第15卷为“科学论文”；第16卷为“译著”。其中，诗词和科学论文篇幅最大，各占四卷，加起来占全集篇幅的一半。因此，前言说：“先生之学，可谓中西兼顾、文理皆精，是中国近代以来唯一能够左手娴熟于人文，右手精通于数理的旷世通才。”

一、“五四”新文学的健者

顾一樵是“五四”时期重要文学社团文学研究会的成员。在这个以郑振铎、沈雁冰（茅盾）、周作人、叶圣陶等为发起人的172人的社团中，他的入会号数是87号，时间是1923年。那时刚满21岁的顾一樵，是清华大学的学生，写成中篇小说《芝兰与茉莉》，由郑振铎推荐到商务印书馆于1923年12月出版。《芝兰与茉莉》以作者的故乡无锡为主要背景，采取第一人称的叙事方式。第一人称的“我”是在清华读书的无锡人吴明远，与青梅竹马的两个表亲女孩子先后有了感情纠葛，一个是同住无锡的表妹芝瑞，另一个是苏州的表妹慧娟。两人的性格不同，作品以“芝兰”和“茉莉”

两种散发着不同香气的花，来比喻她们，大概出自屈原《离骚》“香草美人”的艺术构想。吴明远热恋芝瑞。芝瑞生性稚嫩、羞涩，虽有热烈的爱情向往，但不敢明白表露，就将闺友慧娟介绍给明远，以扭曲的方式表达心事。明远好学，不论在学业或者爱情上，都有执着的追求。他认为爱情应该建立在双方了解与挚爱的基础上，反对勉强凑合和家长撮合的做法，带有“五四”青年反对封建传统道德、争取爱情婚姻自主的思想气质。明远对芝瑞的依恋与爱慕是炽热的，封建家庭却逼迫芝瑞另嫁他人。祖母做主，让明远与慧娟定亲，但明远叹息：“我”爱茉莉（指慧娟），但“茉莉花还带着清幽的芝兰（指芝瑞）之香”。后因家庭变故，慧娟沦为孤女，婚姻未了，明远就准备出洋留学了。

新文学发生的开头五六年，是短篇盛行的时代，中篇小说仅有鲁迅《阿Q正传》、张资平《冲积期化石》、王统照《一叶》等屈指可数的几种。从出版时间上，顾一樵的《芝兰与茉莉》排行第四；而且是一个大学生一出手就拿出的中篇，其才思的丰沛和文笔的酣畅，可见一斑。作品所展示的旧家庭与新思潮、个性与命运的冲突，触及了“五四”时期伦理革命的基本命题。这种命题的幽婉凄切的表达，使当时的青年感受到何为荡气回肠。仅过两个月，1924年2月10日，与顾一樵同船赴美留学的许地山，在哥伦比亚图书馆研究梵文典籍，收到此书后，写下了《读〈芝兰与茉莉〉因而想及我的祖母》一文，如此称赏说：“《芝兰与茉莉》，这名字很香呀！……读后的余韵，常绕缭于我心中；像这样的文艺很合我情绪的胃口似的。”

他对其开头一句“祖母真爱我！”就浮想联翩，作了进一步的文化模式的联想：“爱亲的特性是中国文化的细胞核，除了它，我们早就要断发短服了！我们将这种特性来和西洋的对比起来，可以说中华民族是爱父母的民族，那边欧西是爱夫妇的民族。因为是‘爱父母的’，故叙事直贯，有始有终，源源本本，自自然然地说下来。这‘说来话长’的特性——很和拔丝山药一样地甜热而粘——可以在一切作品里找出来。无论写什么，总有从盘古以来说到而今的倾向。写孙悟空总得从猴子成精说起；写贾宝玉总得从顽石变灵说起；这写生生因果的好尚是中华文学的文心，是纵的，是亲子的，所以最易抽出我们的情绪。”半个世纪后，美国哥伦比亚大学夏志清教授还把顾一樵与当代台湾作家，在美国柏克莱加州大学获得电机学博士学位，并任大学教授的张系国作比方，称顾氏是“‘五四’时代的张系国”，说此书“写作的灵感不外乎亲情、爱情和友情，后来再加上爱国的热情”，带有“新文艺腔”，但也肯定写女子“娇憨可爱”，可能受了莎士比亚名剧《罗密欧与朱丽叶》的影响。①

早在加入文学研究会，在商务印书馆出版《芝兰与茉

① 夏志清：《亲情与爱情——漫谈许地山、顾一樵的作品》，《印象的组合》，香港：香港文学研究社，1979年。

莉》之前，顾一樵就与清华同学梁实秋、闻一多、叶公超等，组成清华文学社，并任戏剧组组长。他阅读过易卜生、斯特林堡、高尔斯华绥、萧伯纳和契诃夫等人的剧作，翻译了柴霍夫的戏剧《悲剧者》和洛斯的戏剧《一个囚犯》。1923年赴美留学之前，其戏剧处女作《孤鸿》就发表在与文学研究会关系密切的同年《小说月报》14卷第3号上。当时尚属于新文学的戏剧萌芽期，现代剧坛还是独幕剧的天下。与他在小说领域一出手，就是一部中篇一样，顾一樵在现代话剧领域一出手又是一部四幕剧，可见他的文学才华类型和魄力，都是相当可观的。剧本叙写留洋博士李明权和苏丽珍这对男女，男方看中的是女方的貌，女方看中的是男方的财，就借口“恋爱自由”、“女子解放”，各自抛弃了以前的恋人，寻找新欢，谈婚论爱。顾一樵实在是一个文学奇人，他这种思路相对于那个时代的青年思潮而言，是独具一格的。20世纪20年代，正是爱情自由、妇女解放在新文化界走红的时候，以此为主题的小说、剧本、文章，天下滔滔者皆是，最能激动新式青年的心。但顾氏却以文化理性的冷眼，透视了在恋爱自由、婚姻解放的思潮后面，可能使之变质变味的世俗心理。这种反思性的思维，带有对于处在时代新潮前沿的留学生人生形态的独立思考和严峻解剖的独特思路。身为即将出国的清华学生，在反省芝兰和茉莉的香气中的苦涩的同时，反省了那个即将出国留学的吴明远的未来情感可能，将小说和戏剧放在一起，比较阅读，是能够读出时代思潮在人间心理中激荡着的浑浊的真情的。

顾一樵仅用四年半时间，在美国麻省理工学院奇迹般获得电机工程的学士、硕士、博士学位的同时，并没有忘情于戏剧活动。中国现代戏剧的开拓者余上沅、熊佛西当时都在纽约，顾一樵与他们一起倡导"国剧"运动，并在纽约和波士顿开展演剧活动。1925 年 3 月 28 日，顾一樵编导、梁实秋译成英文的四幕加尾声的戏剧《琵琶记》，在波士顿美术剧院公演。顾氏自饰宰相，冰心饰宰相之女，梁实秋饰蔡中郎，谢文秋饰赵五娘，沈宗濂饰疯子。闻一多特地从纽约赶来绘制布景和为冰心化装，并为《琵琶记》赋诗云："一代风流薄幸哉，钟情何处不优俳？琵琶要作诛心论，骂死他年蔡伯喈。"这出剧缠绵感人，形式独特，使美国人看到东方生活的独特景观和东方伦理的新解读，博得当地报纸的好评。不久，美国人也在纽约演出英文《琵琶记》，饰赵五娘的 Nancy Reagan，以后成为美国总统夫人。顾一樵对戏剧的这种刻骨铭心的兴趣，使他成为中国现代戏剧的先驱者。

二、现代戏剧的先驱

从 1923 年发表处女作《孤鸿》到 1938 年上演最后一部剧作《古城烽火》，顾一樵痴迷戏剧，一生创作戏剧十二部，包括《孤鸿》、《张约翰》、《国手》、《琵琶记》、《国殇》、《白娘娘》、《荆轲》、《岳飞》、《苏武》、《项羽》、《芝兰与茉莉》及《古城烽火》。其中历史剧就占了六部，可见其历史意识和兴趣之浓郁。1932年7月，上海新月书店出版他的戏剧集《岳飞及其他》，收录了《荆轲》、《项羽》、《苏武》、《岳飞》等四部戏剧。出版社的选择虽然有多种原因，但也反映了顾一樵的创作倾向是出入于文学研究会与“新月派”之间的，在现实性与人性分析上，往往有神来之笔。

新文学发端的头十年的前中期，创造社的郭沫若、王独清和南国社的田汉，趋向新浪漫主义，即是将浪漫激情蘸泡上感伤的情绪，尽情地表现内心的愤懑。历史剧领域翻卷着的也是浪漫抒情的浪潮。郭沫若认为，历史剧是一“借古人的骸骨来，另行吹嘘些生命进去”，二“借古人的皮毛来说自己的话”，三“借史事的影子来表现他的想象力，满足他的创作欲”。[①]历史事实只处在“借，借，借”的位置，而处在本体位置的是作家的激情、想象和生命。其创作的《卓文君》、《王昭君》借得一点历史的影子，来为主观所感的时代需要，张扬激情，尽情尽兴地做起翻案剧来。王独清的《杨贵妃之死》写得更是离奇，让杨贵妃穿着高跟鞋站在舞台上，神经兮兮地倾诉对安禄山的无限相思，俨然就是一个摩登女郎。历史剧成了今人披上古装，古人换上今装，满口作者的语言，用以倾泻着作者感觉到的时代情绪，导致新鲜感压倒了历史剧应有的厚重感。

① 郭沫若：《孤竹君之二子》，《郭沫若全集》文学1卷，北京：人民文学出版社，1992年，第238~241页。

顾一樵的历史剧似乎带有一个科学家的严格理性，他遵循着历史事实的总框架，虽然也虚构一些配角人物，却大体按照历史情境设计他们的言行。他把主要的心思用在对充满浩然正气的历史人物的选择上，选准了历史，也就意味着对准了现实。从戏剧的题目就可知，无论是反秦抗暴的侠客荆轲，还是豪气盖世的楚霸王；无论是坚守民族气节的苏武，还是精忠报国的岳飞，选择弘扬的都是中华民族历史上为民请命、为国家拯救危亡的“民族的脊梁”式的英雄。顾一樵的历史剧的人物事件的选择，着眼于现实的需要，以宏观的理性的选择，让历史作为一个完整的过程来发言，来警醒和激励今人。他是以历史的功力，而不是以肢解历史的花招，来申述历史的严肃感和厚重感的。在他看来，“艺术地再现历史”应该是历史剧追求的目标，写好了历史就足以折射现实。历史不是廉价的“游戏”，其中充满血泪与民族精魂。即便新历史主义视阈下的“戏说”历史，也应该有原则、有限度，有对历史的尊重或敬畏，而不是以轻薄的“游戏的态度和方式”去亵渎历史的尊严，将历史的血泪和精魂化作轻轻松松的哈哈一笑。在“五四”剧坛充满溺情和感伤情调的时候，顾一樵正是坚持了这种历史戏剧观，使其历史剧注入了一种悲壮的阳刚之气。顾一樵历史剧中的这种反浪漫性，是与“新月派”有所接近，而以文学研究会的“为人生”的原则超越之，因而在历史剧领域具有自出奇兵的独立性。

历史剧领域顾氏奇兵策略，是选准了人物事件的大框架，而充实以鲜活的细节，细节鲜活了，就还原了历史的生命。历史人物以其爱恨情仇的心理行为细节，活动在具体的历史场域中，无须作者越俎代庖地为其发言。《荆轲》的开场，展示了燕市酒肆的七嘴八舌，谈论着强秦压境，“投降不过瓦全，打仗难免玉碎”，就把当时战争危机和市井的人心浮动，作为荆轲行为的历史背景传达出来了。荆轲并非不食人间烟火的孤胆英雄，剧本虚构了秋纹姑娘，与之产生感情纠葛，从而在荆轲复杂的内心矛盾中，有血有肉地烘托出他的孤傲、豪侠、情义如山、果敢沉鸷的复合品性。汉代杂事小说《燕丹子》已经在秦廷上虚构了秦姬弹琴提醒秦王拔剑的细节，有所谓“无女不成戏”，虚构了秋纹，是为了使荆轲带有更多人间男儿的气息。

顾一樵的历史剧并不过分追求离奇的故事情节，也不刻意作翻案文章，而将重点放在特定的历史事件的大框架中，还原历史现场和人间细节，这种叙事策略就提供一种艺术的可能性，在塑造历史人物刚强悲壮的性格的同时，腾出手来，解剖其丰富复杂的深层心理，甚至引出了民族主题与人性欲望之间的复杂纠结和悲剧体验。

《西施》虽然未脱江山美人的套数，却以其特别的结局，呈现了深入一层的人性意义。这是当时以民族和阶级为忧患的焦点时，容易忽视的心理层面。出于拯救越国危亡的需要，西施姑娘被恋人范蠡奉送给吴王夫差为妃，她深明大义，毅然前往，这就埋下了私人爱情与国族政治之间的纠结和冲突。这种人性与国族性的矛盾，前人不是没有感觉，清代提倡性灵的袁枚在《西施》诗中说："吴王亡国为倾城，越女如花受重名。妾自承恩人报怨，捧心常觉不分明。"又有《横塘怀古》诗云："横塘花落吴宫晚，西施心痛红颜损。身受吴恩报越仇，怜渠春梦如何稳。"[①]

那么顾一樵的历史剧如何处理这种人性矛盾呢？他将着眼点放在西施的结局上。《墨子·亲士》篇中说："是故比干之殪，其抗也；孟贲之杀，其勇也；西施之沈，其美也；吴起之裂，其事也。"似乎西施是因为美貌，沉水而死，但是自沉，还是他沉，并没有交待。东汉赵晔《吴越春秋·逸篇》中说："吴亡后，越浮西施于江，令随鸱夷而终。"[②]东汉袁康的《越绝书》也说："西施亡吴国后，复归范蠡，同泛五湖而去。"唐朝陆广微的《吴地记》甚至记载，嘉兴"县南一百里有语儿亭，勾践令范蠡取西施以献夫差，西施于路与范蠡潜通，三年始达于吴，遂生一子。至此亭，其子一岁能言，因名语儿亭。"[③]范蠡携西施归隐五湖，已成为传统的优势传闻，如苏轼《水龙吟》词写道："五湖闻道，扁舟归去，仍携西子。"顾氏《西施》一反这种流行很广的传闻，写范蠡带兵破吴解救西施，西施却为夫差殉情自尽了。这里引进现代爱情心理分析，在残破的人性中闪现另样的光辉。这种人性的另样

① 【清】袁枚：《小仓山房诗集》卷二、卷七，嘉庆随园藏本。
② 【明】杨慎：《丹铅总录》引东汉赵晔《吴越春秋·逸篇》。
③ 【唐】陆广微：《吴地记》，四库全书本。

处理，似乎回到《墨子》的早期记载，却又与清人的性灵说不谋而合。

1932 年 1 月，淞沪抗战爆发的次日，顾一樵率领中央大学学生到南京火车站，恭送十九路军将士开赴上海抗击日寇的前线。从车站回来后，他不分昼夜，伏案挥毫，写成了四幕历史剧《岳飞》。剧本热情讴歌了精忠报国、收复失地的民族英雄岳飞及其“岳家军”，鞭挞了认贼作父、“里通外国”的大汉奸秦桧的卖国行径。《岳飞》单行本于 1932 年 3 月问世，由张静江题签。1940 年 4 月 1 日起，《岳飞》由杨村彬为导演，国立剧专在重庆“国泰”大戏院公演，连演四日，场场爆满，激发起中国人民锄奸抗日的高度爱国热情。到第五日，由国民外交协会招待美、苏、英、法驻华大使及其他外交使节，并各赠以“还我河山”纪念旗帜一面，以示中国人民抗战到底的决心。英国驻华大使卡尔观看后，特意致函当时国立剧专的余上沅校长，以表谢意和敬意。其后，国立剧专每年都到四川各地巡回公演，激发起各地民众锄奸抗日的爱国意识，一直演到抗日战争胜利。1940 年 5 月，老舍写了一封“致郁达夫”的信，谈到当时戏剧演出的情形："我也敢写剧本了，和（宋）之的合作的《国家至上》，演出颇能叫座。……说起来真叫热闹：在三、四两月中，章泯的《黑暗的笑声》，翰笙的《塞上风云》，余上沅先生的《从军乐》，顾一樵先生的《岳飞》，家宝的《蜕变》，我们的《国家至上》，还有旧戏重排的《黑地狱》与《软体动物》，都紧接着演出。真是戏剧大比赛呀!看话剧的人确是比从前加多了，好现象。”[1]信中对之的、章泯、翰笙、家宝，直称名字，显得亲切；对余上沅、顾一樵则加上“先生”，表示尊敬。

民族英雄岳飞在南宋绍兴十一年（1141年）被秦桧以“莫须有”的罪名害死于风波亭。明代正德年间，杭州西子湖畔岳飞庙，开始安设秦桧夫妇的跪像，如岳坟中有一副对联所说：“青山有幸埋忠骨，白铁无辜铸佞臣。”民间传言，风波亭冤案，秦桧妻子王氏也难辞其咎。明人田汝成《西湖游览志余》卷四记载：“（秦）桧之欲杀岳飞也，于东窗下与妻王氏谋之。王氏曰：‘擒虎易，纵虎难。’其意遂决。后桧游西湖，舟中得疾，见一人披发厉声曰：‘汝误国害民，吾已诉天得请矣。’桧归，无何而死。未几，子熺亦死。王氏设醮，方士伏章，见熺荷铁枷，问：‘太师何在？’熺曰：‘在酆都。’方士如其言而往，见桧与万俟卨俱荷铁枷，备受诸苦。桧曰：‘可烦传语夫人，东窗事发矣。’”[2]因而后世又传言，有人在秦桧夫妇跪像前做了一副对联，模仿东窗事发后二人互相埋怨的口吻：“咳，仆本丧心，有贤妻何至若是！啐，妇虽长舌，无老贼不到今朝！”可见在古代记述中，王氏与秦桧，是狼狈为奸的。然而顾氏历史剧《岳飞》却写到了秦桧妻子偶尔良心未泯，赞叹岳飞说：“元帅，你不愧为一个大丈夫。”这自然是

---

① 老舍：《国内文人的团结——致郁达夫》，载1940年6月19日新加坡《星洲日报》，收入《老舍文集》第15卷。

② 【明】田汝成：《西湖游览志余》卷四《佞幸盘荒》，明嘉靖初刻本。

通过敌人之口，来反衬岳飞人格的伟大。但这样写也切合人性的复杂性，并不违背人物的心理逻辑。东窗定计，王氏说："擒虎易，纵虎难。"也是将岳飞视为猛虎，而必欲置之死地的。奸邪之徒对身家性命、荣华富贵的考量，使之泯灭可能的良心发现，摧毁南宋栋梁了。这更足以警醒世人，不可对卖国求荣者的"良心发现"存在幻想。

抗战以后，顾一樵对古典诗词情有独钟，流寓海外之后，更是吟诵不辍，收获甚丰。诗人兴会，自然也影响戏剧写作，以诗词入剧、使话剧增加歌唱，也成了顾一樵历史剧的一种特色。20世纪20年代的《荆轲》一剧中，有《白云歌》、《幻梦歌》、《秋风歌》、《易水歌》，比如《秋风歌》既唱出了"我爱你的琴声哀怨，像一颗颗泪坠玉盘"的深情；又咀嚼着"秋天是流血的节候，秋天是洒泪的辰光——血染在枫树的枝头，泪滴在情人的心上"的感伤；更体验着"来日啊我独葬荒丘，你犹看陌头的杨柳"的悲凉。这些慷慨苍凉的短歌，是梁实秋依照剧情捉刀代作的。[①]

到了后来的《苏武》一剧，有男声唱、女声唱、重复演唱与众人应和，以唱歌始，又以唱歌终。在20世纪40年代经作曲家谱曲，改编成歌剧演出，这里的歌词已经全然是顾氏手笔了。在顾氏历史剧中，对历史框架改动最大的莫过于《苏

① 参看刘志华：《论顾一樵的历史剧创作》，《四川戏剧》2011年第1期。以下行文，也有所参照。

武》。《汉书》卷五十四《李广苏建传》附李陵、苏武传记载："单于壮（李）陵，以女妻之，立为右校王。……徙（苏）武北海上无人处，使牧羝……武既至海上，廪食不至，掘野鼠去草实而食之。杖汉节牧羊，卧起操持，节旄尽落。……武留匈奴凡十九岁，始以强壮出，及还，须发尽白。"①归汉后封为典属国。然而历史剧《苏武》却虚构了一个塞外公主与苏武缔缘。苏武牧羊，既苦守汉节，又喜得娇妻爱子，生活由悲转喜；内心深处却难以排遣对故国的怀念，寝食不安；最终归汉，骨肉离别，家庭伦理与民族大义的冲突撕肺绞肠，割舍不断。实际上，如《史记》卷一百九《李将军列传》附李陵传所说："单于既得（李）陵，素闻其家声，及战又壮，乃以其女妻陵而贵之。"②历史剧却将李陵娶匈奴公主的姻缘，移到苏武身上了。或者说，历史剧《苏武》中的主人公，是苏武的经历和节操，及李陵的匈奴公主情缘的混合体。

历史剧对历史记载的这种改动，从人伦关系上深入到人性的层面，又在人性与国族性的冲突、弥合和取舍的两难处境中，升华了苏武崇高的民族节操。如此处理，既丰富了情节的戏剧性和心理的抒情性，又使苏武形象更加丰满而有血有肉。全剧以《双星歌》、《织女行》、《游子吟》、《穷途行》等十六首歌诗疏通剧情，在诗剧气氛中表现人物心弦的颤动。

① 【东汉】班固：《汉书》卷五十四《李广苏建传》，中华书局版。
② 【西汉】司马迁：《史记》卷一百九《李将军列传》，中华书局版。

开篇以《苏武行》短歌，抒怀明志："牧羊边地苦，落日归心绝。渴饮月窟冰，饥餐天上雪。东还沙塞远，北沦河梁别。"全剧刚柔相济，既表现苏武持汉节牧羊十九年，含辛茹苦，不辱使命的节操和意志，又抒写了苏武和公主真诚爱慕，情意绵绵。《明月歌》写草原旷野，有情人仰望"星星依依恋月光，月光盈盈牵云裳"，天上人间，都为超越种族和身份的爱情在默默祝福。《双星歌》借助七夕鹊桥相会的中原民俗，苏武和塞外公主歌咏酬唱，互诉衷肠，公主的真情，苏武的大义，通过爱情的衬托，显得更加厚重凄美，恰如那"年年桥上会，终古长爱怜。织女与牛郎，依依并蒂莲。温存今夕好，何必羡神仙？"到底是胡女更为直率、纯真，以《弓儿弯》直诉心曲："月儿弯弯胡女娆；又要女儿俏，又要女儿不撒娇。胡地少年她不要，要把汉家驸马招。"史所谓苏武"杖汉节牧羊，卧起操持，节旄尽落"，"留匈奴凡十九岁，始以强壮出，及还，须发尽白"的苍凉人生，已被衍化成感动星星和月亮，感动苍天和草原的超越种族和身份的青春礼赞了。

与《苏武》十六首歌诗依次高歌浅唱有所差别，历史剧《岳飞》专门挑选岳飞的《满江红》词作为主旋律，通过岳飞独吟和民众合唱相映照的方式，抒发了英雄抗金的激越意志和众志成城的民族心声。又拟《满江红》前调加以导引和生发，烘托着英雄壮志难酬的悲愤和哀愁。顾一樵剧作打破了话剧和歌剧的界限，在以话剧形态还原历史场景和人物行为细节的同时，每到紧要处，就以歌诗对郁悒的情感一吐为快，有所谓：“诗者，志之所之也，在心为志，发言为诗。情动于中而形于言，言之不足，故嗟叹之，嗟叹之不足，故永歌之，永歌之不足，不知手之舞之、足之蹈之也。”①长调短歌交错，韵语散文间杂，通过主唱、应和、复沓、合唱等方式，彰显人物心志，抒发内心隐曲，推动剧情的发展，渲染了深沉悲慨、苍凉悲远的氛围，在历史主题和人性体验的戏剧张力中，增加了全剧荡气回肠的情感力度和形象光彩。顾一樵的历史剧，在很大程度上是“诗人”的剧作，散发着诗的魅力。

三、诗史与心史

顾一樵确实是诗兴甚浓、诗作极丰的诗人。“学者、教授、诗人，清风、明月、劲松”，这是 2001 年他为庆祝次年南京大学建校百年及顾毓琇百年诞辰而设置的顾毓琇塑像座撰写的题词。可见他对诗人身份，是非常重视的。他的历史剧能够出现诗与剧交融的境界，与此有关。他写诗近六十年，出版了诗词集 20 余部，诗词曲数量有八万余首之多，与中国历代诗人比，都是一个巨大的数字。这种诗词文化基因，甚至联系着他的家族渊源。顾氏的母亲是“书圣”王羲之的后裔。王羲之以《兰亭集序》及诗流芳百世。顾氏的祖母是宋代词人秦观的后裔。秦观有著名的《满庭芳》词作：

① 《毛诗大序》，《十三经注疏》，北京：中华书局，1980年，第269~270页。

“山抹微云，天粘衰草，画角声断谯门。暂停征棹，聊共引离尊。多少蓬莱旧事，空回首，烟霭纷纷。斜阳外，寒鸦万点，流水绕孤村。销魂，当此际，香囊暗解，罗带轻分。谩赢得青楼，薄幸名存。此去何时见也，襟袖上，空惹啼痕。伤情处，高城望断，灯火已黄昏。”宋人叶梦得《避暑录话》卷下说：“秦观少游亦善为乐府，语工而入律……《满庭芳》辞，而首言‘山抹微云，天粘衰草’，尤为当时所传。苏子瞻于四学士中最善少游，故他文未尝不极口称善，岂特乐府然？犹以气格为病，故常戏云‘山抹微云秦学士，露花倒影柳屯田’，‘露花倒影’，柳永《破阵子》语也。”[①]宋词方面，顾一樵最爱秦少游词。顾毓琇曾步秦观的原韵写了一首《满庭芳》。又有《满庭芳》词云：“云淡天阔，孤篷小艇，棹过烟渚沙汀。琵琶传怨，江上数峰青（淮海句）。独有骚人旅客，披霜起，凉露催寒，征途远；玉门暂驻，仰看一天星。”顾氏毕竟是足迹遍及华夏欧美的学人，其词的境界比秦观词来得开阔。

既然词境开阔，顾氏的一些诗词就带有“诗史”的品格。《新唐书·杜甫传赞》云：“（杜）甫又善成时事，律切精深，至千言不少衰，世号诗史。”[②]顾氏一些诗词，也关切时事，与民族的生存命运共悲欢，堪称“诗史”。在其诗词集

① 【宋】叶梦得：《避暑录话》卷下，津逮秘书本。

② 《新唐书》卷二百一《杜甫传论》，中华书局版。

中，往往可以隐约听到世纪走过的跫跫足音，如中国抗战，第二次世界大战，原子弹爆炸，抗战胜利，卫星载人登月；可以看到世界的名城胜迹以及它们不同的遭遇，如中国的重庆、南京，美国的哈佛，英国的牛津；可以窥见国际风云人物以及他们独特的风貌，如中国的周恩来，法国的拿破仑，美国的罗斯福。他的阅历既开阔，而又具有诗人的敏感，一些人类的重大事件，往往使他浮想联翩。

作于1940年的《茅庐》，是顾氏现存最早的一首七律："自结茅庐隐一樵，疏星点点耿天寥。乡音久断还看月，时雨偶来且听蕉。遥寺晚钟惊宿鸟，客船归梦阻残桥。流人苦望收京早，烽火家园柳万条。"据诗人在《百龄自述》中的记载，其时正值抗战烽火连天的岁月，顾氏一家住在重庆的北碚，有次敌机轰炸，离所住房子只有五十步，"碎片飞到屋顶，把玻璃全震碎了"[①]。这首七律着力营造了战时流寓之中悲凉而高远的人生体验和艺术意境：寥廓的星空，引出旅人思乡的残月，但故乡之月已残；令人感伤的芭蕉夜雨，催人联想晚钟惊鸟，梦中的归乡客船已被战火轰炸的残桥阻断了。此情此境，融入了诗人忧时怀乡的细微的心弦颤动，最后归结到收复河山，使烽火家园重见杨柳万条的春天。战争，家园，寒星，残月，茅庐，遥寺，客船，残桥，诗人以一连串的意象，将个人身家的流离失所与民族土地的烽火残破交织在一起，

① 顾毓琇：《百龄自述》，南京：江苏文艺出版社，2000年，第232页。

流荡着忧虑夹杂着期待的情绪，格调沉郁而旷远，典丽而幽深。

数年后，顾氏又有《咏日寇投降和杜甫〈闻官军收河南河北〉》:“昊天不负我炎黄，日寇投降喜若狂。万里江乡疑梦寐，八年涕泪付汪洋。沙坪爆竹同欢庆，沪上萱闱岂可忘。雪尽马关奇耻辱，千秋百世永留芳。”万里乡关、八年涕泪这些压在心头的梦魇，都因日寇投降的狂喜一扫而光。全诗的格调是奔放明快的，因为奇耻大辱一朝雪尽，但明快中念及沪上萱闱，又有点未能阖家同庆的遗憾了。顾氏非常注重对战争中生灵命运的思考，1946 年在日本写的一组诗中有七绝《广岛》:“百年迷梦袒戎衣，广岛成墟一弹飞。劫后余生能有几?红颜白发两相依。”在二战末期，美国向日本广岛、长崎投掷原子弹，迫使罪恶的日本军国主义投降。顾氏面对劫后的“红颜白发两相依”，并不因日本军人侵华的罪恶而扭曲自己的人类同情心，从而产生了哀怜生灵涂炭的悲悯情怀。不过，从顾氏在日寇投降时作和杜诗，可见他们间的诗史意识有一脉相承之处。

顾一樵《海外集·自序》云:“偶与友好谈论文艺创造理论，以重、大、拙为一切中西文学艺术之批评标准，与《人间词话》之意境、气象、不隔相印证。又以希腊悲剧之崇高严肃释‘重’字，音乐美术之返本归原释‘拙’字，宗教哲学之无所不包释‘大’字。以此论诗，则渊明以拙，太白以大，少陵以重。以此论词，则后主以重，东坡以大。乔大壮氏曾以李易安之'满地黄花堆积'为拙，而王静安氏则引'采菊东篱下，悠然见南山'为不隔之名句。以此入画，则山水为重，天地为大，一竹一草一人一鸟无非本来面目矣。"[①]如此漫话诗词，自身也是重、大、拙的。且不说它对晚清况周颐《蕙风词话》所谓"作词有三要，曰重、拙、大"[②]的承袭之处，自其本身也反映了顾氏诗词往往是大处着眼，重处运笔，拙处求工，而不斤斤计较于描头画角的。

他的大处着眼，可以从他登临象征中华民族宏伟气魄的万里长城，写下《清平乐·长城》词中领略到一二："天青云远，海外来征雁。重到长城偕老伴，绕地行程几万。昆仑山上高峰，玉门杨柳春风。世界和平在望，掀天动地飞龙。"这是步毛泽东《清平乐·六盘山》词之韵的，但写得轻松愉快，如"重到长城偕老伴，绕地行程几万"一句，就是大中有拙。他又有《水调歌头·太空世界》词，记载人类的太空遨游："东海几时有？赏雨问清秋。太平洋上飞渡，一霎太阳周。举首苍天无极，纵目琼云朵朵，日月任沉浮。浴日看奇景，新月悬如钩。射卫星，窥地球，照月球。探太空，人类建鸿猷。不必呼风唤雨，尽可驾云拨雾，控制若轻舟。大气千钧重，水调万丝柔。"词的境界似乎有意模拟苏轼《水调歌头·兼怀子由》"明月几时有？把酒问青天"的。所谓"射卫

① 顾毓琇：《顾毓琇全集》第3卷，沈阳：辽宁教育出版社，2000年，第249页。

② 【清】况周颐：《蕙风词话》卷一。

星，窥地球，照月球。探太空，人类建鸿猷”，此事极重，词人却举重若轻，写得绮思飞舞，“不必呼风唤雨，尽可驾云拨雾，控制若轻舟”，透露出几分温婉、清逸、俊爽的风采。他作为20世纪的诗词大家，是与自己的阅历和生活融在一起的，成于有意无意之间。

顾一樵告白：“余填词喜用昔人韵。”[①]顾氏诗词虽然数以千计，但吟诗填词依然不能算是他的职业，他吃饭的家伙还是科学家、教育家。因此“用昔人韵”填词，既是他向古人多渠道汲取养料的途径，也是使自己的词作能够合韵合辙的方便之门。他的诗词集中，有《和唐诗三零三首》、《和梦窗词及其他》、《和清真词及其他》、《和淮海词及其他》、《和渊明诗及其他》等，可见他与古人共韵唱和的用力之勤。他和陶诗48首，和李白诗74首，和杜甫诗84首，和王维诗18首，可见其诗歌趣味着重唐音，而且侧重盛唐，上及晋调。在词的唱和中，和东坡词28首；和淮海词50调100首；和清真词95调；对姜白石自度曲，逐一赓和；和稼轩词88调；和梦窗词60调61首，[②]可见他是以宋词为唱和之大宗，而且豪放、婉约均不忌，趣味相当广泛。他的唱和，是以古诗词的品位为标准的，超越了流派的藩篱，也与其重、大、拙的诗词标准

① 顾毓琇：《蕉舍吟草自序》，《顾毓琇全集》第3卷，沈阳：辽宁教育出版社，2000年，第20页。

② 参看黄志浩：《诗心莹夜月 文藻溢江流——顾毓琇诗词三题》，《江南大学学报（人文社会科学版）》，2003年第1期。

“三字诀”相应合。

与古人唱和，更多的是倾吐内心情感，饱阅沧桑，感慨良多，与其说这类作品有“诗史”品格，不如说它们更是“心史”。1973年8月至9月，顾氏重返祖国，与阔别二十四年的国内亲人第一次欢聚，百感交集，作《和杜甫五律十首》，其一云：“今夜秦州月，祖孙欣共看。慈心怜子女，携手到长安。荏苒秋风至，萧疏夏夜寒。行程经万里，欢笑泪痕干。”此诗是次杜甫《月夜》之韵的，但是已经改变杜甫原作中月夜对妻室儿女的相思，成为现实中的长安父母子孙重逢，将原本孤独落泪的凄清，变作祖孙同堂的欢笑和爱抚。由于是唱和之作，老杜和老顾的家室分离和团圆的两个迥异的场面，远隔千年，遥遥映照，时代的不同，令人顿生沧海桑田之感。

家人既然如此，山河又复何堪。史达祖有“南渡后词家冠冕”之称，其《临江仙·闺思》词云：“愁与西风应有约，年年同赴清秋。旧游帘幕记扬州。一灯人著梦，双雁月当楼。罗带鸳鸯尘暗淡，更须整顿风流。天涯万一见温柔。瘦应因此瘦，羞亦为郎羞。”一个“愁”字浸透了闺思，风流不再，孤灯暗淡，结尾处那句“瘦应因此瘦，羞亦为郎羞”，拙得娇态跃然纸上。也亏他设想到人与风有约，但顾氏却将“愁”字换作“乐”字，将“西风”换作“春风”，改“闺思”之题为“迎春”，如此“改史梅溪词意”，使全词春意盎然：“乐与春风应有约，年年欢笑迎春。柳梢梅萼草成茵。玉兰花含苞，柔雨落纷纷。长恨此身人易老，更须振作精神。世间幸喜靖烟尘。九州同庆祝，四海一家亲。”不再是孤灯自怜，而是走到春风柔雨，梅柳玉兰竞芳的原野上，因烟尘平息而与九州同庆。“独乐乐，与人乐乐，孰乐？”一种与民同乐的开阔心胸，将一首哀感顽艳之词点化为悦近怀远的清新刚健之作。史达祖因是韩侂胄的堂吏，投靠权奸，品格有亏，颇受诟病。而顾氏以“清风、明月、劲松”自许，在唱和而改其词意中，反衬出自身胸襟高洁，词境豁亮。

讲到诗词的“心史”价值，应该强调顾一樵有一颗心系中华的赤子之心。其戏剧对民族英雄的刻画和讴歌自不必说，其诗词对民族危机的忧思，对故国家园的怀念，对民族文艺复兴的阐扬，实在是俯仰无愧于天地。他有《和王昌龄〈边愁〉》诗云：“仰望城中百丈楼，重阳过后满天秋。泰山朝日黄山月，无限乡思万里愁。”以泰山、黄山形容乡愁的沉重，以朝阳、夕月为乡情的恒久做证，其中的重、大、拙的分量已经突破了重阳赏菊的清雅。他又有一首《忆旧游慢》，咀嚼着吴中故乡的滋味：“记名湖万顷，十里梁溪，曲涧流觞。淮海遗风泽，忆秦园寄畅，大雅文章。人间离别欢会，携手此徜徉。羡云影龙山，扁舟鼋渚，历尽沧桑。家乡。虹桥下，尽春夏秋冬，无限风光。高隐怀春阁，诵芬堂上住，兰桂飘香。”湖溪曲涧，园林云山，鼋渚春阁，水乡泽国的兰桂飘香，这些都值得携手徜徉，仔细品味。此中的“人间离别欢会”和“大雅文章”，是诗人沿着名湖万顷，捡拾起来的“心史”痕迹。他的诗词心史上，沾染着地理的泥巴、人文的芬芳。

在十几年前我们所作《顾毓琇全集·前言》说："先生在战后还十分重视文化的建设，写于1947年的《中国的文艺复兴》正是在战后'复员'声中讨论中华民族复兴问题的比较系统、全面的论著。书中明确提出，'中国的文艺复兴，是目前迫切需要的一个运动'。先生认为，民族复兴运动包括三大要素：政治革命、社会改造和文艺复兴，这三个运动缺一不可。……中国不复兴，世界绝不得和平。中国复兴了，世界也许可以和平。中国的责任太大了！要改造世界，必须有全世界的宗教改革。要挽救人类，必须有全人类的文艺复兴。救中国便是救世界，救中国必须有中国的文艺复兴。"

顾一樵对他提出的文艺复兴，身体力行。他对文学有自己独特的行为方式，一方面，以新体戏剧小说，开拓着新文学潮流；另一方面，以诗词曲牵引着民族的文化血脉。他不是过激派，也不是保守派，所持的是稳健中正的文化态度。在《百龄自述》序言中，他分类记述自己的师友六十人，"文学"类，有闻一多、朱自清、许地山、冰心、梁实秋、朱湘、钱锺书、曹禺；"史哲"类有胡适之、赵元任、陈寅恪、李济之、冯友兰、陈岱孙。在文学运动的行进行列中，他加入了新的文学样式的开拓者的队伍。对于中国新文化运动的倡导者胡适，顾氏写了这样的诗句悼念他的逝世："箴言永在作新民，风气开来仰哲人。欲使文章成白话，却离世俗出凡尘。"可是胡适地下有知，当感慨于顾氏所作的是旧体诗。顾氏当然也关心白话诗，曾作有新体诗歌集句《星光》:“你爱寂寞寂寞的星光(何其芳)，我是全宇宙的王(闻一多)。在我的心头荡漾(徐志摩)，天桥不在天上(李广田)，我望见有两个月亮(徐志摩)。月光恋爱着海洋(刘半农)，在南天，在北极(冯至)，生长又死亡(李广田)。”如果不是对新诗相当熟悉，这样的集句是做不出来的。然而无论是久远的血脉，还是新鲜的潮流，顾氏的精神指向，一若他《百龄自述》序言所著录一首词《一剪梅·祝中华文化复兴》:“浩荡长江卷浪花，大哉中华，美哉中华！黄河一泻倾天下，复兴文化，发扬文化！雪耀昆仑映日斜，易水悲笳，胡马鸣笳！巍峨五岳彩云霞，爱我邦家，护我邦家！”这是顾氏心史的最强音。

唯有心史，不可磨灭。顾一樵百岁人生在其晚年重新闪现光辉。1997年10月，时任国家主席江泽民访美期间，专程赴费城看望早年在上海交通大学的恩师顾毓琇。暌别半个世纪，依然洋溢着尊师敬老，爱我中华的殷殷之情，确实是将一种泱泱大国的文明礼节和文化风度，展示在举世关注的目光之前。江主席曾赋诗奉赠，诗曰:“重教尊师新地天，艰辛攻读忆华年。微分运算功无比，耄耋恢恢乡国篇。”顾一樵老人也和诗助兴，诗云:“海外欣逢米寿年，兴邦建国仗群贤。遥闻亚运精神健，日月光辉耀碧天。”顾氏一生与古人唱和不下数百次，至此与昔日学生唱和，当别有一番感慨吧。

2012年9月1~4日

刘西渭与中国现代文学批评

在长期的文学研究中，包括对中国现代文学和古典文学的研究、中国叙事学和诗学的研究中，我深深感受到，文学批评和文学研究要对人类的精神文化做出自己独特的一份贡献，就有必要回到文学之所以为文学的批评与研究上。因此，我非常重视直接面对文学文本和文学现象，用自己的悟性进行真切的生命体验，从中引导出具有原创性的思想萌芽、理论思路和学术体系来。现成的或外来的理论，我们要广泛地涉猎和汲取，以开阔我们的视野，在广泛的参照中进行充满智慧的平等的对话。但绝不可以外来的某个术语把自己的眼光遮蔽起来，要取舍有度，出入自如。我常常想到英国诗人拜伦的长诗《唐璜》中那个魔鬼的一句话：理论家是吃干草长大的。文学现象为满园春色，绿草如茵，而我们的某些理论家不去面对这些绿色的春草，而只习惯于咀嚼一些被晒干水分的概念性的干草，这大概算不上明智的做法。干草吃多了，是要便秘的。若要创造具有中国特色的现代诗学和文艺学，就要从中国自身的经验和智慧作为立足点，从感悟出发，用文学智慧的原本性和渊博性来托起文学理论的原创性。

在这方面，现代文学积累了丰富的正反两方面的经验。今天我要着重谈谈20世纪30年代刘西渭（李健吾）的批评，就是因为他是吃青草，而不是吃干草长大的理论家。他主张“它（批评）本身也是一种艺术”。

20世纪30年代，李健吾以刘西渭笔名发表在《大公报·文艺》副刊、《文学季刊》、《文学杂志》上的评论，名声甚隆，其后刘西渭《咀华集》于1936年、《咀华二集》于1942年由文化生活出版社《文学丛刊》出版。在社会学批评风行的热潮中，他树起带有京派从容明静风度的印象批评的旗帜。其运思的特征是“以诗解诗”，作感受式的批评。题目来自韩愈《进学解》：沈浸浓郁，含英咀华。把精彩的文学作品当作鲜花来咀嚼，如他所言，文学是“人类性灵的开花结实”，为此他推崇德·拉·麦尔的批评观点，“分析一首诗好像把一朵花揉成片片。冷静下头脑去理解，潜下心去体味”，因此他的批评带有鉴赏的性质，是一种滋味批评。他实行“不诽谤，不攻讦，不应征”而仔细体验滋味的批评方法，令人联想到朱熹所言：“沉潜讽诵，玩味义理，咀嚼滋味”；“读书之法，须识得大义，得他滋味”。

朱光潜把文学批评学者分成四类：1.“导师”自居；2.“法官”自居；3.“舌人”自居；4.居“饕餮者”地位。刘西谓更倾向第四类。“饕餮”是古代有首无身的食人兽。这是借喻贪食者，“饕餮者”是贪美味，尝到美味便把它的印象描写出来。这种美味说，实际上就是新疆大学黄纲教授《诗味》一书中系统论述的诗味，他把诗味分成五类十目：意味、义味，风味、气味，韵味、情味，神味、禅味，趣味、兴味，都是很得中国传统诗学真味的精彩见解。如唐人司空图《与李生论诗书》说：“文之难而诗尤难，古今之喻多矣。愚以为辨味而后可以言诗也。”刘西渭正是从这里伸展自己的文学批评的味觉的。

沈从文讲，他的诗化写实的作品（抒情诗小说）的最好读者是音乐家马思聪和批评家刘西渭。司马长风《中国新文学史》中卷写道：“30 年代的中国，有五大文艺批评家，他们是周作人、朱光潜、朱自清、李长之和刘西渭，其中以刘西渭成就最高。他有周作人的渊博，但更为明通；他有朱自清的温柔敦厚，但更为圆融无碍；他有朱光潜的融会中西，但更为圆熟；他有李长之的洒脱豁朗，但更有深度。”这是一家之言，带点偏爱地推崇刘西渭批评的价值。

刘西渭的批评充满一种明哲的眼光，一种精微的神会，可谓别具只眼。他专注于风格批评和技巧批评，在当时充斥于报刊的说教、宣传批评的油腻味中，散发出一种春风野草的清香，比如他在批评《边城》一文中作如此感悟式的点评：“沈从文先生是热情的——《边城》是一首诗，是二佬唱给翠翠的情歌。《八骏图》是一首绝句，犹如那女教员留在沙滩上神秘的绝句。”他又运用研究法国文学的修养，引申说：“巴尔扎克是个小说家，伟大的小说家，而严格地论，不是一个艺术家，更遑论伟大的艺术家。……然而福楼拜，却是艺术家的小说家。……沈从文先生便是一个渐渐走向自觉的艺术的小说家。”

他的印象是一种自觉的印象，讲究悟性和才情。他写过小说、散文，尤其是话剧，研究过莫里哀、福楼拜，对文学奥秘有“得失寸心知”的心灵体验。推崇法朗士喻批评为“灵魂在杰作之间的奇遇”，相信王尔德所谓好的批评家同时也是好艺术家。这使得刘西渭的批评清新睿智，灵气荡漾，使人读之如沐春风。诗人唐湜谈论刘西渭对沈从文的批评时说，那寥寥数语“不仅小说家沈从文写活了他的人物，他的湘西故乡，而且，批评家刘西渭也写活了他的人物，他的小说家沈从文”！

《咀华集·序一》：“批评的成就是自我的发现和价值的决定。发现自我就得同意，决定价值就得综合。一个批评家是学者和艺术家的化合，有颗创造的心灵运用死的知识。他的野心在扩大他的人格，增深他的认识，提高他的鉴赏，完成他的理论。创作家根据生料和他的存在，提炼出来他的艺术；批评家根据前者的艺术和自我的存在，不仅说出见解，进而企图完成批评的使命，因为它本身也正是一种艺术。”

其基本的批评步骤是：把握“独到的印象”，“形成条理”。首先是“赤手空拳”地进入作品的艺术世界，高度重视“第一印象”，然后使这种第一印象“由朦胧而明显，由纷零而坚固”。对于创立现代中国的原创性的文艺批评理论体系来说，这种步骤是不够充分的，缺乏理论穿透力的，但它的好处在于找出批评理论建设的起步之处，在起步之处沟通了丰富多彩的文学经验和眼光独到的理论眼光，使理论生长找到了丰厚的土壤。在从第一印象到梳理出条理的路程中，刘西渭极善于作联类比较式的批评，其潜在的意识和能力也许来自中国文化讲究阴阳对举，中国诗歌以对仗入格律，中国诗话好把诗人作双峰对峙，两水分流的比照。比如他曾比照过废名作品的“隐士气”和巴金小说的“战士气”。他又对比何其芳的《画梦集》和李广田的《画廊集》，指出何其芳重“颜色”，以“绚丽”引人，有若“情人的春天”；李广田是寂寞的诗人，更多体验秋天的黄色，“把秋天看作向‘生’的路”。

刘西渭非常注意批评的文体，想在批评文体的创造中，满足一个文章家的艺术心愿。他采取朋友谈天的从容不迫的态度，下笔讲究“游离的工夫”。他在《自我和风格》中赞赏法国蒙田的散文“往批评里放进自己，放进他的气质，他的人生观”，“加上些游离的工夫”，显得潇洒、从容、睿智。刘西渭的评论好借题发挥，东藤西蔓，“王顾左右而言他”，进行别具趣味、看似离题的联想，把批评当成美文，当成诗来写，读其批评文字有如“从山阴道上行，山川自相映发，使人应接不暇”。

对于刘西渭的批评，应该说两句话：

唯其多才，故知创作甘苦。

唯其博学，才能应付从容。

薄薄的十五万字的二集《咀华集》，涉及的现代文学作家五十人，外国作家从古希腊的荷马、苏格拉底到近世法国的福楼拜、左拉共计八十人。由此可知，其批评的知识密度是很大的，几乎每万字要涉及中外作家十人。但他却能举重若轻，清才妙笔，把密集化为俊朗清逸，使人入知识的密林却感受到的是思维空间的清旷。

这与他作为法国文学的研究者和翻译家所积累的丰富的知识相关，使他的文章充满中外文学的纵横比较，顺手拈来，涉笔成趣，在不同作家风格的比较撞击中闪烁出思想火花。

最后还想谈一个小问题：

刘西渭曾经评述过巴金早期小说《爱情的三部曲》，认为“巴金先生不是一个热情的艺术家，而是一个热情的战士”，某些观点曾引起巴金作《〈爱情的三部曲〉作者自白》与他辩论，唇舌枪剑。巴金称他为像一个富家子弟开一部流线形汽车，一路左顾右盼，然后坐在豪宅高谈阔论，虽然眼光锐利，却难免浮光掠影。但这不妨碍刘西渭把巴金的反驳文章收入自己的论集，也不妨碍巴金把他的《咀华集》及二集列入自己主编的《文学丛刊》，这种批评、出版风气，这种君子胸襟和风度，也是令人神往的。这对于当前某种重利轻义、鸡争狗斗的风气，是可以起到净化作用的。

百年唐弢与现代文学

今年（2013年）是唐弢先生一百周年诞辰，我总感到唐先生的一些教诲，依然在耳边和心中回响。他那饱满的脸庞，明亮的眼光，举起一只手指，点拨着诗文奥秘和文坛掌故的音容笑貌，仿佛如在眼前。

唐弢先生是把我引进鲁迅和现代文学研究的门槛的引路人。我第一次听他讲课是1976年在北京政协礼堂，讲的是鲁迅。在那前后，我通读了《鲁迅全集》，是工厂宣传处购买的鹿皮烫金的精装十卷本，大概每半个月读一卷，半年不到就读完了。唐先生讲了鲁迅的生平、道路、著作和战斗精神，他是真正读懂鲁迅的人。他的杂文在20世纪30年代刚一出手，就疑似鲁迅，可见他对鲁迅杂文的笔法神气和对其中的精髓和奥秘的把握。我后来读到他辑录的《鲁迅全集补遗》、《鲁迅全集补遗续编》，包括读到他的《读〈鲁迅和斯诺谈话记录〉析疑》，深感到他在鲁迅研究上花费心血之切实，对鲁迅文章的辨伪存真的能力，堪称独步。鲁迅治学提倡把握全人和他的全部文章，主张从版本目录学入手，这一点与鲁迅留日时期听章太炎讲《说文》、诸子，受到造诣极深的朴学熏陶关系极大。从章太炎到鲁迅，从鲁迅到唐弢，学术方法一脉相承，而增加了现代性。这应该成为我们的一个学术传统。

多年前，我已经写过一篇怀念唐弢先生的文章，记述过的事情在这里就不再过多重复了。我的印象极深的，是唐先生把诗作为文学、文学研究的精髓的见解。唐弢先生认为："一个诗人也许不会写小说、散文、剧本或者文艺批评，但一个文艺批评家、剧作家、散文家或者小说家，却应该写诗，至少是懂得诗。否则的话，那将是一个悲剧，一个抱憾无涯的悲剧：因为他毕生孜孜矻矻地去从事的，多半会是一件徒劳无益的工作，白白地将自己的生命浪费掉。"这是深知文学本质之言，诗性对于文学，实在是"数点梅花天地心"之所在。唐先生写了许多杂文与诗、散文与诗、论文与诗相交融的文章，令人读之，如沐春风。他是现代文学研究中无以代替的文章家，现代文学学术有了唐弢，增添了不少诗趣和才情。

唐先生在许多场合都指点我们，读书应该有感受，有感觉，文学研究的文章本身应该有理趣和诗趣，才不至于隔靴搔痒。在我的心目中，唐先生既思考理论，又懂得诗，他的特点是把理论和诗都情趣化了。我在一篇文章中，认为鲁迅作品有"嵇康气"，唐先生认为这个感觉很好，抓住鲁迅精神气质的一个方面了。我的学位论文答辩时，有位老先生提问：

你说鲁迅小说受过陀思妥耶夫斯基的影响，但鲁迅说陀氏是一个残酷的灵魂拷问官，对他的作品“常常想废书不观”，应如何解释？我就引用1918年周作人发表在《新青年》上的一篇译文，称狄更斯已是旧式的，陀思妥耶夫斯基则是现代的，进行答辩。后来和唐先生谈起此事，唐先生支持我的看法，称赞我读报刊有足够的细心。

唐弢先生既是书话文体的开创者，又以情趣盎然的书话作为论文写作的训练。他在《书话·序》中说：“我曾竭力想把每段《书话》写成一篇独立的散文：有时是随笔，有时是札记，有时又带着一点絮语式的抒情。”在《晦庵书话·序》中又说：“书话的散文因素需要包括一点事实，一点掌故，一点观点，一点抒情的气息；它给人以知识，也给人以艺术的享受。”我在《唐弢书话》的编后记中，认为他的书话有“六境界”，除了以富有诗性智慧的作家身份，给书话开辟了“品书会心”的境界之外，他作为学问家使书话在“考镜源流”、“书坛掌故”和“序跋甘苦”的境界中能有所作为；而他作为藏书家，又导致“装帧学问”和“书城纵横”的境界洋溢着情感和趣味。

书话是唐先生的情趣所在。樊骏先生曾经对我说，唐弢著作中最能传世的是书话。剖析书话的“六境界”可以发现，随着将这些境界散发开来，唐弢先生实际上给现代文学研究开拓了新版本目录学、报刊文献学、考据辑佚学、学术文章学四个重要的维度，四个重要的学科分支。唐弢有一首言志诗："平生不羡黄金屋，灯下窗前长自足。购得清河一卷书，古人与我诉衷曲。"据现代文学馆的统计，唐弢藏书总计4.3万册，其中杂志1.67万种、图书2.63万种，难得一见的一级品多达141种。他是现代文学藏书的首屈一指的人物。唐先生说："正是这些书籍，它们始终伴随着我，和我一起度过了数不清的饥寒交迫的日子，度过了数不清的惊涛骇浪的时刻。这些书籍，有不少正是我的贫贱之交，正是我的患难之交哩。"

尤其是他收藏的报刊极其丰富和珍贵，文学所的老人有一句话："在文学所图书馆找不到的期刊，到其他图书馆找，其他图书馆再找不到，就到唐弢家里找。"他是现代文学报刊文献学的第一人，据说以往到文学所进修现代文学的学者，唐先生都给他开列一批报刊目录，要求在一年内把它们通读，并写出笔记。严家炎先生回忆，他和王瑶先生带研究生时，将唐弢先生提供的报刊目录抄回北京大学，王瑶先生也同意要求研究生读这些报刊。我们在研究生期间，都在原始报刊上下了很大功夫，从中清理现代文学发展的脉络源流。

唐先生主张读原始报刊，除了这可以读到原初版本之外，还说报刊有编辑体例、文章编排的顺序、开设的栏目、编者按、编后记，甚至有书籍和商品的广告，它提供的信息远远大于读作品选，可以明白当时的时代氛围，明白文学的生存状态，可以进入被研究的历史现场。现场感是唐弢先生研究现代文学的一个重要特征。现代文学与古代文学的一个根本性的区别，在于现代文学有了报刊，这直接作用于作家的写作方式、发表方式、成名方式，影响到他与读者的关系，他的经济来源。报刊，是作家的一种生存状态。1985年我开始撰写《现代小说史》第二卷，到广州、深圳等地访书，除了在中山大学图书馆看到《中外小说林》等书刊之外，拜访欧阳山先生的时候，翻阅了他1930年在南京拔提书店创办的《幼稚》（英文青年的音译）周刊，上面有他以罗西笔名写的小说，张天翼也有文章发表在上面。回来后我向唐先生提起此事，他非常兴奋，说他知道有这个刊物，寻找多年没有找到。我又谈到，据我的考证，彭家煌与彭芳草应是两个人，二人的小说倾向和文风差异很大。但有些作家词典把他们当成一个人，我去函问彭家煌的儿子，他也说是一个人，这实在令我大惑不解。唐先生肯定我的治学态度，他说，他三十年代认识彭家煌和彭芳草，是两个政治倾向不同的人。

我在唐先生生前就破格评上研究员，是我的荣幸。他是当时的学术委员，我的鉴定意见也是他写的。他非常感慨，想不到投起票来那么容易。我的小说史第二卷付印之前，曾送给他指点批评，想不到我去取回校样的时候，他还交给我一篇文章《治学要靠“硬功夫”》，让我送给《瞭望》周刊，说《瞭望》周刊请学术界的老先生推荐本学科最有质量的新书，他就选了我这部小说史。又说，胡适晚年极口称赞陈垣、周作人的治学功夫得力于一个“硬”字，肯下“硬功夫”，我就取这个意思评论你的小说史。我感觉到心头激起了一股暖流，先生是在借着一篇书评稿，把学问之道指点给我们。他赞赏我的小说史用一万字写李劼人，这是以往没有的，是一个重要的发现。我的小说史中沈从文一章比李劼人那章篇幅更长，唐先生却说，沈从文与左翼是有争论的。我由此感受到，作为左翼的过来人，唐先生那代学者存在着一种文化政治学的情结。同时，唐先生对我在标点符号和一些词语上的不当之处，也一一指出，连称不应该。樊骏先生说，唐先生写文章，是“一步三回头”，樊骏先生笑说自己是“一步六回头”。受他们对严谨作风和推崇“硬功夫”的启示，到现在我写好稿子，往往都放上一年半载，同时大量阅读材料，对原本的观点进行打磨、质证和深化，才对拿去发表略为放心。我研究先秦诸子学，从坚实广博的文献学、考据学入手，甚至花费万余元购买简帛材料，在以史解经、以礼解经、以生命解经及诸子上，下了一番“硬功夫”，都是延续着从先生那里获得的学术训练，并将之在新的领域、新的深广度上加以拓展所致。

2013 年 12 月 9 日

我编《唐弢书话》

一本书的编者或选家，除了他的眼光之外，重要的是找到他存在的位置。

当出版社和姜德明先生要我选编唐弢先生的书话集的时候，我实在感到无从发现自己的位置，不知从何着手。因为唐先生 1962 年编过他的《书话》，广获好评；1979 年他又把从 1945 年开始写作的这一体裁的作品，精选汇编成《晦庵书话》，风靡海内外，使真正的读书界谈书话时避不开唐弢，谈唐弢时也避不开书话。如今报纸上类似书话的栏目，以及以刊登书话一类文字相号召的刊物多起来了，但是谁又会忘记他为这一文体的开路拓荒之功？他是以“书话”二字而不附加其他限制词去命名自己的书的人，当他晚年汇总三十余年间的书话精品成书之后，别人再去做选编的工作，岂非班门弄斧？

然而我本来就是在“班门”学过“弄斧”的人，作为唐先生指导过的学生，这回再勉为其难“弄”一次“斧”，到底也是义不容辞的。关键在于寻找到“弄斧者”的位置。于是我重读了《晦庵书话》，读了书话的逸文，读了他的几十篇序跋，还读了他的文集十卷的有关部分。渐渐地，我发现了自己作为编者存在的可能性。唐先生写书话，是一篇一篇地写的；而我编书话则换了一个位置，把它作为一个整体来观照。比如说，《晦庵书话》除了1962年的《书话》部分，以及1965年他带病执笔为香港《大公报·艺林》副刊写的“书城八记”之外，其余是整理新中国成立前发表的书话而成三个部分，分别题为《读余书杂》、《诗海一勺》和《译书过眼录》，多是按照书话对象的文章体裁分类的。也就是说，他横向展示了他的书话世界的广阔性。那么我们岂不可以从另一个角度，透视他的书话世界的层次性和纵深程度？既然他作为一个书话作家，在感悟着和解读着书，那么我们就可以考察他这个书话作家的主体，是以何等的智慧构成和心灵境界去感悟和解读书的。在这种“唐弢读书，我读唐弢”的视角错综之间，我们应该可以清理出唐弢以自己的智慧和感悟建立起来的书话境界与文体体系。

唐弢自觉的书话文体意识，突出地表现在他对这一文体的散文情调和境界的执着追求。《〈书话〉序》说：“我曾竭力想把每段书话写成一篇独立的散文：有时是随笔，有时是札记，有时又带一点絮语式的抒情。”《〈晦庵书话〉序》对此又有补充：“书话的散文因素需要包括一点事实，一点掌故，一点观点，一点抒情的气息；它给人以知识，也给人以艺术的享受。这样，我以为书话虽然含有资料的作用，光有资料却不等于书话。我对那种将所有材料不加选择地塞满一篇的所谓‘书话’，以及把书话写成纯粹是资料的倾向，曾经表示过我的保留和怀疑。”在这一点上，他引人注目地成功了，他赋予书话以写作者的个性生命，使之毫无愧色地成为一种文学文体。

要知道，诸如读书记或读书偶得一类文字，在我国古代是归入史部目录学类，或子部杂家类的。唐弢开拓书话文体的一个基本的谋略，就是以文济史，导杂归纯，使人们不是以翻阅工具书的方式，而是在审美的愉悦中充实了自己关于书的知识。比如《朱自清》一文，接过叶圣陶批评朱氏早期散文太过于注重修辞，有点儿做作，后期散文念起来上口，有现代口语的韵味的话头，他委婉道来，却以诗人式的敏感透视了更深的层面：在艺术上，语言是文学的根本问题，却不是它的全部问题。朱氏后期语言比前期更接近口语，但人们更爱读他的《背影》、《荷塘月色》，只有注意其间包含的“情致”，才能揭开朱氏风格的秘密。又比如《白屋遗诗》一文，借用推许刘大白的旧体诗“清雅自如，有信手拈来之妙”的机会，评述“新文人中颇多精于旧诗者，达夫凄苦如仲则，鲁迅洗练出定庵，沫若豪放，剑三凝古，此外如圣陶、老舍、寿昌、蛰存、锺书诸公，偶一挥毫，皆成大家”。行文都擅长于一个“借”字，借题发挥，借事言心，把对于文学之新旧、语言之文白一类复杂的、需要深层次思考的命题，举重若轻地蕴含在娓娓道来、谈言微中的文字之间了。正因为此，本书的编集，首列“品书会心”一辑，作为唐弢书话的第一境界。由于存在此一境界，赵景深在20世纪40年代便惊喜地发现：“晦庵的书话极富情趣，有好几篇都是很好的絮语散文，意态闲逸潇洒，书话本身就是文艺作品。”（《文坛忆旧·书呆温梦录》）

然而“品书会心”只是唐弢书话的核心境界，而不是其境界的全部。唐弢既是一个具有诗性智慧和社会热情的杂文家、散文家，又是器识才学卓然的鲁迅研究和现代文学研究的专家，还是一个有自己的独特领域的、会读书的藏书家。因此他面对自己的书宝贝的时候，能够非常从容地形成一个充实而自足的人与书进行心灵交流的世界。人们称誉他的书话，是“大手笔写小文章”，就是由于感受到他以多种专家的丰厚多姿的知识储备和感悟能力，去攫取一本本也许不算太厚的书的精神底蕴。因此，他篇幅短小的书话写至一二百篇，也看不出单调、呆板和重复，而往往是一花一番世界，一篇一个滋味；这些多姿多彩的篇章集合起来，所展示的书话境界就不会是单层面的，而是具有相当完整而独到的体系组合功能的。本书分为六辑，实际上展示了唐弢书话的“六境界”。除了他以富有诗性智慧的作家身份，给书话开辟了“品书会心”的境界之外，他作为学问家使书话在“考镜源流”、“书坛掌故”和“序跋甘苦”的境界中能有所作为；而他作为藏书家，又导致“装帧学问”和“书城纵横”的境界洋溢着情感和趣味。当然“六境界”说的提出，是为了更为具体全面地理解唐弢对书话文体建设的贡献，也为了编书的方便，其实这“六境界”常常是你中有我，我中有你，虽有侧重，却难剥离的。

进而言之，正是由于它们的相互渗透、浑融一体，才形成唐弢书话晶莹可喜、耐人咀嚼的魅力。

1933年之后，上海出版业盛行一股“自选之风”：天马书店继出版《鲁迅自选集》后，又推出了茅盾、郁达夫、周作人的自选集；乐华书店不甘寂寞，梓行了郭沫若、张资平、王独清的自选集。唐弢写了《自选集的来由》，从这种出书风气中考察了某种书籍形式的源流，自然带点“考镜源流”的意味了。但它在深入考镜源流的时候，却带出了一则“书坛掌故”。从发表在《青年界》的鲁迅给北新书局李小峰的一封信上发现，鲁迅的《两地书》本来是打算给天马书店出版的，但由于李小峰要求帮忙而转给北新了。用来填补天马书店的空缺的，本想用《五讲三嘘集》，却担心过多开罪上海文人而累及书店，于是在天马催稿甚急的情形下，只得从旧作中精选出《自选集》来应急了。一种出于无奈的应急举措，却激发了一股出版潮流。可见新文学经过十几年的努力，已经颇存硕果，可供作家自选了。而书话却借用掌故以考察潮流的来源，出现了“考镜源流”和“书坛掌故”的境界综合的风貌。

再看另一篇书话《撕碎了的〈旧梦〉》。把它归入“书坛掌故”这一辑并非没有原因，因为它开头就讲了一个掌故：徐调乎在《万象》杂志登了《新录鬼簿》，专谈鲁迅、刘大白几位已逝世作家的逸事。行文还交代刘大白旧学根底好而反传统也最烈，称文言为“鬼话文”，白话为“人话文”。但中心是谈刘氏新诗集《旧梦》，商务版像学生小字典一样厚厚一册，印刷粗糙，错误百出；后由开明书店改版重印，分为四册，各附跋文《撕碎了的〈旧梦〉》。这样它就由掌故谈到版本了。难怪叶圣陶称赞：“古书讲究版本，你现在谈新书的版本，开拓了版本学的天地，很有意思。”(《〈晦庵书话〉序》)

唐弢透露：“我写《书话》，继承了中国传统藏书家题跋一类的文体，我是从这个基础上开始动笔的。我的书话比较接近加在古书后边的题跋。”

探源溯流，自然可以列举欧阳修《杂题跋》，以及明代毛晋收入《津逮秘书》中的《东坡题跋》、《山谷题跋》之类，甚至可以联想到宋代晁公武《郡斋读书志》、陈振孙《直斋书录解题》一类目录学古籍。这类题跋固然可以看作书话的源头，但唐弢的序跋之作已是书话的放大，或者称为“类书话”。

他谈论作序之难，说好的序是一书之灵魂。因而推崇雪莱、雨果、惠特曼的诗集、剧集自序在文坛震撼一时，也叹赏王逸《〈楚辞章句〉序》、萧统《〈文选〉序》、白居易《〈新乐府〉序》，以及冯梦龙、金圣叹序言之独具创见(《姜德明〈书叶集〉序》)。这些序跋大体分为两类：一是自序，如《〈生命册上〉序》交代自己所写各种散文的类型以及自己的爱好追求，而该书收集的叙事散文，“尽管不是全部，这些却是我的生命的经历”。二是为他人作序跋，如《英译本〈两地书〉序》，回忆鲁迅伉俪书简出版前后社会上的议论和无中生有的谣言，以及鲁迅日常生活的作风，和他的爱情生活的历程。《〈菜根谈〉序》则对《四库全书提要》的评述提出疑议，认为该书是儒、释、道三家杂凑的修身养性、待人处世的一部语录，并且指出以古语“性定菜根香”来解释书题，比起“咬得菜根，则百事可为”更为合适。

由于序跋已在篇幅上放大了书话，它们谈书、谈人生、谈书艺源流和审美体验，也就更加从容自如，丰姿绰约，读起来有书话的滋味，而且多了一点书话难以展开的智慧。

谈到“装帧学问”和“书城纵横”，一个藏书家的深切感情和飞扬风采就跃然纸上了。他对自己战乱中抢救书刊的事业津津乐道，对古代藏书家求书的“八道六难”，以及他们的自私短见悯讽参半，对古今书肆变迁了如指掌，充满感情。书兮书兮，维系着唐弢生命的琴弦。谈到那些装帧独特的书籍，谈到精彩的封面版式，谈到陶元庆、钱君匋的封面设计的才华，甚至谈到小小的藏书印、藏书票，他都兴致勃勃，情趣荡漾，笑影中带一丝赤子的真诚。

就拿毛边书来说吧，由于鲁迅倡导，唐弢也说“我也是毛边党党员之一”，他解释：“我之爱毛边书，只为它美——一种参差的美，错综的美。也许这是我的偏见吧：我觉得看蓬头的艺术家比看油头的小白脸来得舒服。”他不仅 1946 年写了《“毛边党”与“社会贤达”》，1982年又写了《“拙的美”——漫谈毛边书之类》，探索毛边书的历史变迁，还强调：“我觉得毛边书朴素自然，像天真未凿的少年，憨厚中带点稚气，有一点本色的美。至于参差不齐的毛边，望去如一堆乌云，青丝覆顶，黑发满头，正巧代表着一个人的美好的青春。”如此文字，是在写书话吗？我觉得它写的是一种书生情趣，一种人生境界。我仿佛看见他在工作余暇，抽一支烟，喝一杯茶，随手写一点书话，作为调剂精神、消除疲劳的一种方式——在他追求书话六境界的同时，追求着潇洒闲适的人生境界。写完一篇书话，他大概正在录下自己的《偶成》诗吧：

平生不羡黄金屋，灯下窗前长自足。
购得清河一卷书，古人与我话衷曲。

1996年1月1日

孙犁的文化哲学

十一卷的《孙犁全集》在孙犁逝世两周年前夕，以如此快的速度、如此完备的程度及如此凝重精致的版式，由国家的文学出版社出版，这本身就是对孙犁文学成就的现代价值的引人注目的见证。因为在讲究规格的人民文学出版社的出版史上，在继鲁、郭、茅、巴、老之后，推出《孙犁全集》，这似乎不无象征的意味。

在我十几年前研究现代小说史的时候，孙犁给我的深刻印象，是他以艺术家的明丽而精致的感觉，拓展和变动了解放区文学的格局情调，提高了它的艺术档次，告诉人们存在着赵树理、丁玲以外的更有审美魅力的可能性。他在新时期以后的写作，我读得还不够多，但也感受到他的眼光往返古今，博识而明道，在孤寂的深沉中露出奇崛的苍凉感。他的文学在新时期依然散发着生命的魅力，而且这种生命在新时期获得更多理解，更见亮色。这在风云变幻的中国现代文学史上，是并不多见的。

这使我觉得有必要反省一下孙犁的文化哲学，包括他的人生哲学和审美创造哲学。

在十一卷本的全集中，我很快就发现他有一幅书赠友人的墨迹“大道低回，大味必淡”影印在第6卷的扉页。令我心头一颤的，在第9卷扉页的书房照片中，也在书架上方高悬着这幅“大道低回”的巨匾，署以壬申年，即1992年。我感觉到，这重复的背后隐藏着他对文化哲学非常专注的思考。《汉书·扬雄传》录有扬雄《解难》中的话：“盖胥靡为宰，寂寞为尸；大味必淡，大音必希；大语叫叫，大道低回。”这篇《解难》也收入清人姚鼐编的《古文辞类纂》卷六十八。《解难》这种语言表述形式，令人联想到《老子》四十一章的“大方无隅，大器晚成，大音希声，大象无形。道隐无名”，可以看作孙犁墨迹的原始出处。

对于西汉末年的辞赋家扬雄，孙犁的文字中很少提到，有案可查的是他在《无为集·买〈汉魏六朝名家集〉记》中为扬雄辩诬，说他“《法言》之十三为孝至。其文曰：‘孝莫大于宁亲，宁亲莫大于宁神，宁神莫大于四表之欢心。’我很欣赏这几句话，愿家有老亲者，深思而力行之，这是孝的最高境界。扬氏著作，言辞古奥艰深，然其切合实际，有见有识，类多如此”。问题出在孙犁墨迹已删节和重组了扬雄《解难》之言，删节和重组意味着一个新主体的介入，借以表达自己对文化人生的体验。在他富有阅历的体验中，大道不是直线向前，热衷躁进的，而是迂回曲折，沉思默察的；大味不是吃香喝辣，舌麻脑热的，而是尝尽甜酸苦辣而归于淡泊，淡泊而明静，明静以致远。这种文化人生的哲学体验，充满着超越性和间接性，是他晚年所得，却也可以反照他一生的文学和做人的历程。它放大了早期的一些因素，也凝结着长期精神焦虑的彻悟。

孙犁出生、成长、终老于燕赵之地，简单的地域文化学思维，似乎可以期待着他的笔下流泻着所谓“燕赵古称多慷慨悲歌之士”的阳刚气质，或如荆轲“易水风萧”之音。更何况他出现在一个以战争决定民族命运的时代。但他走了一条多少有些间接性和超越性的路子，把纷涌的战争风云映衬在白洋淀的月光苇影，以及冀西山地的红袄明眸之中，从而发现那些在日常伦理生活中真正值得珍视的人性之善、人情之美。

在解放区文学中，1943 年是“赵树理年”，他这一年以《小二黑结婚》、《李有才板话》声名鹊起，在世俗婚姻和乡村政权中发现妨碍革命的问题，主张“问题小说”。隔一年，即 1945 年是“孙犁年”。这一年他发表了《荷花淀》、《芦花荡》等名作，令黄土高原上的读者为其水乡秀色而眼睛一亮。他的小说不重问题而重人，他在谈论文学与政治无法回避的关系时，认为文学写的不是“文件上的政治”，而是“生活中的政治”，“凡是小说，起步于人生，遂成典型；起步于天上，人物如纸扎泥塑，生气全无”；“一部作品有了艺术性，才有政治性，思想要溶化在艺术的感染力量之中”。但是在当时战争环境中，文学意识形态的权威解释者更关注文学对政治的直接性，因此两三年后就强调和推行“赵树理方向”。而从孙犁早年由安国、保定至北平、阜平的流浪求学的轨迹来看，他出入城乡，接上了“五四”新文学的启蒙传统，强调作品的艺术性，预示着革命文学在“赵树理方向”之旁的另一种带审美的间接性和超越性的可能。

因而在当时意识形态直接性的强调中，孙犁使革命文学艺术化、人性化的倾向被习以为常地边缘化了。不过，边缘也有“边缘的活力”，当大树特树的中心被众所趋慕，群相模仿而模式化和非个性化的同时，边缘地带却保持了平常心态，也保持了相对舒展的创造空间，在开发下层劳动民众的灵魂美与人情美中，酿造着他的诗情画意。历史不能倒转却可以反思，如果当年的“方向”说不拘泥某一特定的个人和特定风格，而是以真正的文学知音者的眼光兼容了包括孙犁名作在内的众多个性，文学的格局当会更加健全和开阔。

蒲松龄在《聊斋志异》中讲了《阿宝》的故事之后作了一个按语：“性痴则其志凝，故书痴者文必工，艺痴者技必良。”孙犁在晚年谈自己的文学与生活之路的时候，还特别推许“这是经验之谈”。他本人对千古文章之工，别有一种痴迷的态度，不是简单地听从一般的文学史述说，而是以作家的天分和个性，敏慧地体验着名家名文的生命所在。比如他不因韩、柳、欧、苏都属唐宋八大家而一例对待，根据自己的体验而扬柳欧、抑韩苏；又不因《三国演义》、《红楼梦》都属古典小说四大经典而一例对待，根据自己的体验而重《红楼梦》、轻《三国演义》；对于古代短篇小说，则喜欢唐传奇和《聊斋志异》。对外国短篇小说也有个人的口味，对莫泊桑不甚感兴趣，而格外喜欢普希金、契诃夫、梅里美和高尔基；长篇小说不提托尔斯泰，唯嗜屠格涅夫。如此畸轻畸重，对于讲究理性的文学史家，也许是一个大忌；对于作家，却正好说明他的感觉精微，在感觉中"痴迷"。他不是以理论家告知的条条来遮蔽自己的感觉，而在痴迷的感觉中保留了阅读与创造相通的、并未扭曲个性的自由空间。这种阅读在一时政治性挤压艺术性，并把艺术性模式化的风气中，实在有一种"大道低回"之概。

对于痴迷审美的作家来说，阅读培育着创作，创作转化着阅读。他的精神状态在迷恋中显示了执着。孙犁作品最是执着的有两端：一是人性美，二是文体美。对人性美的执着，使他不避被称为"小资产阶级情调"的指摘，把带着生命的温暖的笔端，伸向纯情而微妙，或率真而无邪的少妇、少女的心灵。《山地回忆》中那个妞儿在河的下游洗菜，指责在上游刷牙的游击队员"洗脸洗屁股"弄脏了水，经解释后还不饶人："你们尽笑话我们，说我们山沟里的人不讲卫生，住在我们家里，吃了我们的饭，还刷嘴刷牙，我们的菜饭再不干净，难道会弄脏了你们的嘴？为什么不连肠子肚子都刷刷干净！"少女遇到兵，把战争的残酷性在河边斗嘴中化作轻松的喜剧，人性人情在质朴中带点山野气息，如烂漫的山花。《荷花淀》中妻子送郎上战场的一幕更为人所熟知，听到丈夫述说第一个报名参军，正在织席的妻子似被苇眉子划破手，在嘴里吮了一下，低头说：“你总是很积极。”在别人写来也许是慷慨悲歌的场面，在这里却化为似水柔情，言外之意甚多。本是心灵震颤，表达出来却是嗔怪，表面语言是表扬，弦外之音却带点嘲讽，但嗔怪、嘲讽都是深情。话并不多，却丝丝入扣，分寸感极强地把握住“这一个”女子真情流露的“乡土中国方式”。秦人尚武，却吟咏着秋水伊人；冀中鏖战，却于苇影荷香、芦荡琴箫、山地蓝裳、村歌红鞋之间，闪动着少艾村魂的青春姿影，这其间都寄托着“溯洄从之”的精神痴迷。尚武与好色，在这里出现了高洁又奇妙的结合。

孙犁是一位杰出的文体家，他对文学语言的微妙处的痴迷，令人感动。他致力于把小说写成美文，晚年的序跋、杂感、笔记、短论，出入于文言、白话，逗引着经典的色香。不能说他的文字有何等震撼人心的力度，却由清丽致老到，都让人品味到何谓“大味必淡”。他说得很轻松：“文章写法，其道则一。心地光明，便有灵感。入情入理，就成艺术。”其间追求的是清雅自然，如清水之出芙蓉。这里很难看到赵树理式的村腔俗调，热闹火爆，如《李有才板话》形容跟着土霸王阎恒元的“舌头转”的农会主席张得贵：“恒元说个‘方’，得贵说‘不圆’。恒元说‘砂锅能捣蒜’，得贵说‘打不烂’。恒元说‘公鸡能下蛋’，得贵说‘亲眼见’。”那是伶牙俐齿，谐于里耳的。孙犁文体则散发着文人的清雅气质，明丽而多味。使人知道文坛之有孙犁的那篇成名作《荷花淀》，一开篇就把人引入诗与画的情景，令你的灵魂像被清水洗过那么舒服："月亮升起来，院子里凉爽得很，干净得很，白天破好的苇眉子潮润润的，正好编席。女人坐在小院当中，手指上缠绞着柔滑修长的苇眉子。苇眉子又薄又细，在她怀里跳跃着。"这真令人想起了张孝祥《念奴娇·过洞庭》词中那个"素月分辉，明河共影，表里俱澄澈。悠然心会，妙处难与君说"的水晶般透明的世界，天人相对，生命的神经在跃动。

文体是一个作家的徽记，这种徽记应是多样的，以满足人们多样性的精神体验。如果一个民族只热衷于欣赏热闹的搞笑和神魂颠倒的刺激，而对崇高、精美的艺术任其冷落和凋零，那么这个民族就还没有脱离江湖习气和市痞作风。文化与自然一样需要生态平衡和良态发展，它应该有更多的向上追求，更多的青春气息。这也许就是孙犁晚年以"大道"、"大味"为题，思考着文化人生哲学的原因吧。

（原载《中华读书报》2004年8月9日）

第二辑　世纪风标

开创现代大国的文学学术

论小康社会与大国文化气象

认识“大文学观”

时间的色彩

为文学洗个脸

王蒙小说的哲学、数学与形式

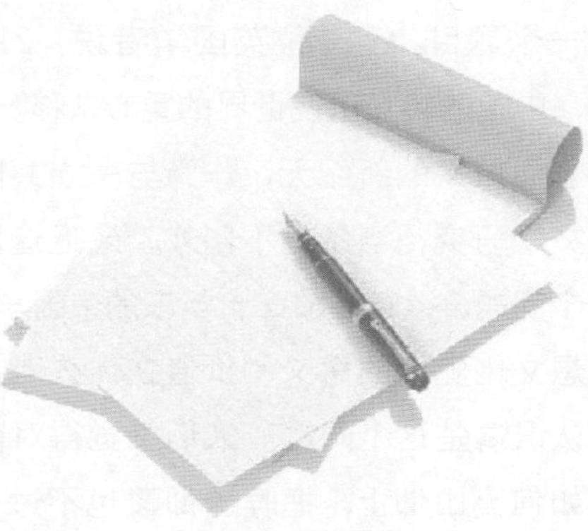

开创现代大国的文学学术

——答《中国社会科学院院报》记者问

记者： 杨义先生，中国社会科学院文学研究所4月19日与河南大学联合主办的“改革开放三十年与中国文学研究”研讨会，在河南开封召开，这是一级学科最早召开的纪念改革开放三十年的大型会议，在文学研究界引起较大反响。请您谈一下这次会议的主旨是什么。

杨义：“改革开放三十年与中国文学研究”，是今年很重大的一个题目。有一位英国学者说，21世纪始于中国的1978年，中国的转变已使世界的重心东移。改革开放开创了中华民族全面振兴的新纪元，作为与民族共同经历风雨阳光的文化和文学研究，当然也不例外。最近这段时间，我一直在思考一个问题，改革开放三十年来的中国学术在中国整个学术史和思想文化史上的意义、价值在什么地方，我觉得我们远远没有认识清楚这个问题。人们总觉得对前一代学术、前一辈学者如何高山仰止，把脖子仰酸也不过分。我们当然应该尊重前辈，甚至包括那些有仰脖子功夫的人，但是，更应用功的是我们“脚下”，《老子》说的“千里之行，始于足下”的那个“脚下”。改革开放三十年所开拓的学术境界、学术深度和学术广度，已经在中国学术史和思想史上占了一个重要的位置，这点我们必须认识清楚。一个时代有一个时代的学术，中国这三十年来的学术包括中国文学研究学术，来势迅猛又非常有底气，充满着高度的创新精神而成果丰硕，说它开创了中国思想学术史上一个新的纪元、一个新的时代，也不为过。

记者：这确实是值得深思的历史命题，您觉得取得突出成就的历史契机是什么？

杨义：能做到这一点，也是时代所赐予这一代学人的。我觉得有三点值得注意：第一，改革开放这三十年来，中国社会经济全面复兴和崛起，为学术注入了丰厚的底气，增强和提高了一代学人的文化自信心。因为经过三十年持续高速发展，中国已经成为世界第四经济体，实际上可能是第三经济体，很快就成为第二经济体。上升时代的丰沛元气，正如古史所谓：“非常之事，何得循旧。”西汉鼎盛时期，司马相如说：“盖世必有非常之人，然后有非常之事。有非常之事，然后有非常之功。”在一个国家国力鼎盛的时候，这是可以期待的。受当下经济社会全面复兴的激励，我们的学术正在追求一种创造性的大国风范。我们由此增加的自信心不是关起门来称老大的自信心，而是经过了三十年解放思想、打开视野，在吸纳世界上丰富的思想文化思潮的基础上强化主体创造意识的自信心。我们一直在思考，在全球化条件下，中国学术和中国文化应该怎么做。广泛的思想知识和思潮的引入，尤其是新的科技手段、数字技术的介入，都为我们的学术研究提供了一个新的面貌。三十年来出现许多大书，如《续修四库全书》、《全宋诗》，以及我们文学研究所很快就要出版的《全元诗》。原来觉得元代诗人不及唐宋，也不及明清，但经过学者的清理发现，元代有四千多个诗人，大约十二万首诗，是诗风很盛的时代，这与印刷术利于保存文献有关系。而且元代涌现了一批少数民族诗人，给我们这个多民族文化共同体增添了许多绚丽特异的色彩。这种一代文献总集，都是在不太长的时间内，由人数不多且利用高科技手段搜集整理出来的，整个学术的底气都是在高科技基础、全球化格局上运行。

第二，这三十年的思想路线是解放思想、实事求是、与时俱进，为这代学术崇尚原创的追求，提供了巨大的精神空间。我们已经不满足于非原创的“描红”时代，而崇尚学术创新追求。过去在米格本上印着红色字，作为字帖，让蒙童用墨笔描摹红字练习书法。借用来指思想学术上对前人亦步亦趋，陈陈相因。比如《明诗纪事》对比唐诗与明诗，批评“唐人诗，郊寒、岛瘦、仝怪，俱自成一家。今人诗皆是描红，未有自出机轴者”。盛唐诗洋溢着大国气象，中唐承盛唐之创造力，在诗歌流派风格上依然卓有建树。今天的文学研究，应该重振汉唐魄力。记得我们文学研究所和民族文学研究所联合开了一次民间文学的讨论会，请钟敬文先生作报告。钟先生很感慨，认为自己一直在描红，先描西方的红，后描苏联的红，描来描去描成了“右派”，而改革开放后才知道应该创立自己的学派，应该有自己的原创性，但是年纪已经大了。老先生的感慨加深了我们对学术的认识，前辈学者的素质、修养、学术根底非常深厚，成就丰硕，但是在20世纪40年代动荡，五六十年代思想空间相对狭窄的时期，我们对他们表示尊敬的同时又难免有“天下文章未尽才”的惋惜。例如何其芳先生是很有创新勇气和能力的文学研究所老所长，他重新解释现实主义和反现实主义、典型性、人民性中间人物等政治意味较浓的概念，用以抵制文学领域的“左”倾思潮，但广为弥漫的“左”倾思潮总是不依不饶地纠缠着他，使其难以顺畅地进入更加深广的学理原创的自由空间。而最近这三十年间，正如钟敬文先生以切肤之痛预感到的那样，在改革开放的推动下，学术研究空间获得了前所未有的拓展，文学与文化、文学与民族、文学与地理、文学与家族、文学在整个民族共同体生命过程中的价值、文化哲学、文学地图、文化诗学、生态诗学等论题，都得到多维的，有时是很有原创性、很深刻的展开。在全球化环境中跟世界对话的深度、广度和创新程度，都发生了很大的本质性的变化。看不到这一点，就不能真正理解这一代学术的真实品格。

记者：您讲的是“时势造英雄”的大环境，那么在这个大环境中的优秀学者，又有哪些特质值得重视呢？

杨义：这就是我要接着讲的第三点了。这代学者经过“文革”和改革开放正反两方面的对比，在民族生存、民族记忆和民族学术反思的切肤之痛中，就有可能深入到整个文化的本原和生命的本原。鲁迅经常提到自己的“碰壁”，自己的“华盖运”。没有这种切肤之痛，就很难懂得人生，懂得文学。所以，文学学术汲取了“文革”前后社会与文学的切肤之痛，创新意识空前强化，文史贯通、古今融通的大文学观的出现，以及学科体系、学术观点和研究方法上的全面创新，都给这代学术提供了一个非常开阔的视境。这代学者经过“文革”和改革开放这两级大断层，所谓“贫贱忧戚，庸玉汝于成”，因而对什么是学术、什么是文学有点大彻大悟，有一种思想者的原欲或免疫功能，不太容易进入别人设好的僵硬不合情理的套子里边。所以我觉得，大国风范、原创意识和这代学者的思想家气质所赋予的这代学术的特征、成就，实在有点“可上九天揽月，可下五洋捉鳖”之况，颇有一些著作能够直抵文学本原，能够拓展文学研究的许多学科分支，能够发掘人类心智的深层智慧。文学所在 2003 年建所五十周年的时候，主编了一套书《文学所五十周年学术文选（1953~2003 年）》。原来我们希望老先生应该选年份比较早的最能代表自己学术水平的优秀文章，这样各个年份的选目就比较平衡。但是最后选的结果是前二十五年（1953~1978 年）只占一卷，后二十五年（1978~2003 年）却占四卷。我曾希望曹道衡先生的文章选在他的学生刘跃进的文章的前面，但最后却相反，曹先生认为自己最好的文章是 1996 年的，而刘跃进选的文章是1993年的，这样排起来老学者反而在年轻学者的后面。这是因为，他们认为20世纪50年代带有政治化的批判性口气的文章不能代表自己学术的真本事，而改革开放三十年，尤其是经过拨乱反正调整好了学术立场和视角后产生的学术成果是他们最为称心的精神创造。这说明“三十年河西，三十年河东”，这三十年的思想学术已经出现了一个崭新的境界。所以，应该借改革开放三十周年的纪念，反思改革的精神成果，全面清理和总结这一代的学术。只有建立在对这一代学术充分认识和理解的基础上，我们才能充满自信地、充满共识地开创现代大国的文学学术的风度。

记者：杨先生，您一再强调现代大国的学术文化风度，而且强调共识，这是问题的关键吗？

杨义：确实是关键问题。自己国家的原创性学术见解和学术成果，都不能以坦坦荡荡的胸怀加以承认，加以肯定，那还有什么大国学术风度可言？鲁迅在《未有天才之前》一文中说：“天才大半是天赋的；独有这培养天才的泥土，似乎大家都可以做。做土的功效，比要求天才还切近；否则，纵有成千成百的天才，也因为没有泥土，不能发达，要像一碟子绿豆芽。”漠视自身的学术原创，而对外来一些并不成熟、并无根基的标新立异的说法追逐唯恐不及，这如果不是学风浮躁，就是“西方中心主义”思维成见未改，甚至是文化奴性的体现。这就使得我们的一些天才的创见，“不能发达，要像一碟子绿豆芽”。因此有必要以站着而不是跪着的姿态，以郑重的而不是空浮的态度，认认真真地检讨一下，这三十年哪些学术开创取得了实质性进展？哪些学术成果对整个民族的文化振兴有益？哪些学术见解既有思想的萌芽又有迷误？哪些学术智慧是有根底的同时又能产生长远影响的？哪些学术炒作是有泡沫？总结是一种导向，总结得好，就会把学风导向坚实，把学术前景导向光明。尤其是在中国搞学术，在处理马克思主义尤其是马克思主义在中国的最新发展成果与西方现代文艺思潮，以及我们身处其中的本土文化资源的关系中，怎样产生一种新的活力机制，怎样走出一条独特的中国现代文学学术的发展道路，它的经验教训在哪里，它应该采取怎样的战略，它应该有一个什么样的学术格局，怎样避免僵化和过度“西化”，怎样才能出现博大精深和蓬勃生机，这些问题都应该在对三十年研讨中投入智慧，加以思考和总结。总结的结果，透过那些纯粹为了凑数评职称，或设项拉经费的学术杂草，去辨析这三十年来有哪些学术是根底深厚又充满解释力的，有没有这样的学派和创新话语，它在理论层面和研究方法上取得怎样进展，它在交叉学科领域进行了哪些有成效的探索，从而推动新的学科分支的产生。这样的总结，实际上成了今后学术开拓的铺设台阶的建设工程。总结的落脚点是开拓。总结要给中国学术史留下这三十年的难以忘怀的记忆。

改革开放三十年学术通过反思和总结，形成认识自己、尊重创造的良好机制和社会氛围，乃是当务之急。在学术上，我们也应该把一般性的中国制造升级为中国创造，对外来思潮应加以分解消化，选择借鉴，而不能代替自主创造，更不能用它来贬抑自主创造。既然文化自信心已使国学升温，那就要潜下心来融通经史诸子，出入“四库之学”和“四野之学”，考究民族与地理，考古与民俗，把国学做深做厚做大，力戒那种纷纷扬扬的公关、抢滩的评价体系，以及热衷炒作的势利行为。“国学热”不应该是虚热，而应该拿出硬功夫、真货色、大智慧、新境界来。既然讲“国学”，就要对得起此“学”之国，上无愧于五千年的文明积累，下无愧于现代中国的全面振兴。

几年前，我在《人民政协报》举办的学术论坛上说过，人文的实质是人心，人文建设其实是人心的建设。二十四史的《南齐书》中有一句话：“千金可失，贵在人心。”一国的人心状况、精神状态和意志能力关系到一国能否兴旺。弘扬传统文化与人文建设不可分割。人文建设始于教育，贯于风俗，精于学理，成于制度。制度是成功的落脚点。于此，我们各个领域的领导者应该培养一种能力和慧眼，能够读一个学者一两篇文章、一两本书，就知道这个学者属于哪个档次，从而采取体制性的措施，使真正的学术带头人处在真正的带头位置。这就是孔子说的，仁者爱人，智者知人，“举直错诸枉，能使枉者直”。使学术标准错乱，是会损伤学术权威性的尊严的。

记者：您的理想主义、乐观主义情怀，令人感佩，您对中

国文学研究有什么期待?

杨义: 我想起了一个问题，就是思想创新的困惑和焦虑问题。在北京召开的一次书籍发布会和研讨会上，比较文学界的一位前辈讲了撒切尔夫人的一段话。撒切尔夫人曾经认为，中国经济发展了但成不了超级大国，因为中国没有为世界贡献自己的思想。经过查找发现，中国日报网 2006 年 6 月 27 日登载了类似的一篇文章——《英国前首相撒切尔夫人：中国成不了超级大国》。据说这位“铁娘子”认为：“因为中国没有那种可以用来推进自己的权力，进而削弱我们西方国家的具有‘传染性’的学说。今天中国出口的是电视机，而不是思想观念。”那么这段材料到底出现在哪里? 经过反复查询，才发现这段话出现在斯坦福大学胡佛研究所网站上的《领袖时空》栏目里边。当然这段话的意思和中国网站所引用的很不一样，撒切尔夫人认为“冷战”的结束和苏联的解体，中国是一个最大的受益者，可以预见的将来，中国会成为地区性的强大力量但成不了超级大国，中国是不可孤立但可以遏制的。为什么我们的学者从这段话里解读出中国没有给世界出口思想的意思? 这表明我们对思想创造有强烈的追求，也有强烈的忧虑。就是说，作为这么一个现代大国，应该给人类的思想文化贡献自己原创的学说和原创的话语。

我们这一百年的学术，做了很多有价值的探索，但是用我们民族超越困境、走向全面振兴的标准来衡量，属于中国人的百年精神创造的有世界影响的人文社会科学学派，还有待开拓、扶植、推广和弘扬。百年的文化交往，是一种“赤字交往”，引进的多，输出的少，这种状况应该加以改善。中国不仅要成为经济上的巨人，而且要成为思想上的巨人。它要开拓出跟自己的大国身份、跟自己的五千年文明相称的物质文明、制度文明和精神文明协调发展的新纪元。这里一个很重要的契机，就是通过对改革开放三十年学术的总结，加强文化创造的自觉，使我们的文化知道应该做什么，应该对中国负什么责任、对世界负什么责任，然后创造一种举世瞩目的现代大国学术。若干年再来回顾的时候，大家会觉得经过更充分发展了的这代学术，确实气象万千、成就辉煌，它在许多领域的创新、开拓和建树，成为民族引以为荣的记忆，成为现代人类乐于共享的回忆。这就是我们的期待所在。

（原载《中国社会科学院院报》2008 年 6 月 26 日）

论小康社会与大国文化气象

中国将以什么样的文明形态，或文明姿态走向新的世纪？这是人们非常关注的问题。文明是既有形态，又有姿态的。形态指文明的内在价值结构和运行功能；姿态是一种文明与他种文明交往的态势和态度。中共中央《关于进一步繁荣发展哲学社会科学的意见》指出：哲学社会科学与自然科学同样重要（这种“同样重要”不仅有“一”，而且有“四”）；促进社会主义物质文明、政治文明、精神文明协调发展（这种协调发展的文明层次不仅是“二”，而且是“三”）。这表明，中国已经在全面地规划作为一个现代大国的文明形态的总纲，它要以科学的精神、文明的风范建设一种崭新的社会主义文明形态。这是中国这个曾经为全人类文明做出过伟大贡献的国家，以新的姿态，站在新世纪的高度，再一次为中华文明及全人类文明发展做出的庄严承诺。

哲学社会科学之所以重要，在于它深刻地涉及一种文明运行的方向、方式和气象；它赋予一个民族独立于世界民族之林的自身姿态和风采；它左右着人心，凝聚着情感，化育着精神。

哲学社会科学之所以重要，在于它深刻地涉及一种文明运行的方向、方式、机制和气象，涉及它的总纲目和内在特质。它赋予一个民族独立于世界民族之林的自身姿态和风采。它左右着人心，凝聚着情感，化育着精神，把它视为综合国力的一部分是非常明智的，也是非常深刻的。中国人很早就认识到这一点。还是在中华文明形成自己发展模式的所谓“文化轴心时代”，《周易》就这样表述对文明的理解：刚柔交错，天文也。文明以止，人文也。观乎天文以察时变，观乎人文以化成天下。其中的“止”字，依照甲骨文、金文，是脚趾的形状，也就是说，文明的立足点是人文，用它所包含的世界观、人生观、价值观来开化天下人心。这就是我反复说过的一句话：文化工程是一项人心工程。这也是我考察中华文明五千年发展的历史得到的一点体会。

有记载说，中华民族于夏之时有万国，于商之时有三千余国，于周朝五等分封，还有一千七百七十三国。这主要是讲中原地区。就中国的完整版图而言，更应该说它是多部族、多民族激荡而融合的复合形态的文明。在漫长曲折的分合激荡中，文化扮演了非常关键的黏合剂或精神纽带的角色。一方面是中原文化的凝聚力、吸引力，一方面是边远文化的“边缘的活力”，使不同地域民族在经济互补、和战相间的历史进程中，形成愈来愈深厚的你中有我、我中有你的文化认同感。陈寅恪研究南北朝隋唐史，发现“文化重于种族”，实际上是中华文明发展的一条通则。唯有礼乐文明之邦的文化的这种关键作用，中华文明才不会像世界上其他某些文明那样，陷入无休无止的仇恨火并之中，而是统一起来共创、共享自己的文明成就。顺应着这种历史文化哲学，唐太宗说：“自古皆贵中华，贱夷、狄，朕独爱之如一，故其种落皆依朕如父母。”正是以这种文化哲学处理民族问题，大唐王朝开创了何等灿烂辉煌的多民族共创共享的盛世文明。世传曹植《七步诗》曰：“煮豆燃豆萁，豆在釜中泣。本是同根生，相煎何太急！”所谓“根”，对曹植而言，是祖宗血脉；对中华民族而言，就是我们的文化。这四句二十个字的诗，曾经世世代代感动过多少中国人。抗日战争时期，包括陈寅恪、陈垣在内的一批最有名的历史学家，以不同方法研究中国历史不同时段，都得出文化可以凝聚民族的结论，既可看到中国文化精神有其千古一贯的脉络，也可以看到哲学社会科学在发现、弘扬和培育中国文化精神上不容忽视的重要作用。

一个民族在它全面振兴的时候，需要对自己的文化精神有一个系统的而不是片面的、深刻的而不是肤浅的、与时俱进的而不是固步自封的认识，以建立自己全面复兴的内在精神支柱和文化动力。

加强和深化中国文化精神总纲目的研究，把小康社会与大国文化气象的建构，应作为我们民族当下的必修课题。美国文化在第二次世界大战之前，是不怎么被英、法文化精英们看得起的，但它此后以极大的注意力和资源进行美国学的研究，系统地阐释了熔炉文化背景中的清教—扬基文化精神的历史源流及其价值观的合理性，似乎他们离上帝最近，从而在美国经济强势中开拓文化强势。

对比起来，中国文化的历史极其悠久，构成极其复杂，面临的难题和困扰也更加繁多。《汉书·艺文志》分类著录的典籍五百九十六家，一万三千二百六十九卷。《隋书·经籍志》按照经史子集四部分类法，著录书籍著录了隋代见存图书三千二百三十四部，三万七千二百九十九卷，附载了隋代佚书一千六百四十部，一万四千五百九十六卷。这在当时的世界上都是绝无仅有的。宋以后由于印刷术的勃兴，典籍数量又远超以往。口头传统，尤其是少数民族地区的口传史诗、叙事诗、民间故事的丰富绚丽，也是世界上首屈一指的。面对世界上第一流的文化资源，需要以第一流的精力和聪明，才能非常到位和充分地清理出其千头万绪中的历史根源、文化脉络、智慧精髓和精神结构，才能去芜存精、辨析精微地把握它的诸多因素的发生学、本体论、结构形态和发展动力学。这就是文化上“认识本我”的工程。认识本我，是为了创造新我。

哲学社会科学应用研究，可以发挥“思想库”、“智囊团”的功能；它的基础研究的一项重要价值，就在于它对自身文化根基、血脉、智慧的研究做充分了，做到位了，做得极有说服力了，就能够使全民族获得一种文化精神和文化价值上的共识。共识之一，是在市场经济大潮，物质条件大为改善，金钱刺激得心灵发麻的时候，如何加强建设国民充实、明洁、向上、和悦的灵魂。共识之二，自西汉以来，就有关于刀笔吏与公卿之辨，刀笔吏熟悉政务技巧，但须有深厚的文化底蕴和高明的智慧，才能获得公卿气象。今日应如何锤炼出廉洁高效，富有人文情怀，能释放出大智慧的官员队伍。共识之三，是形成现代大国学术的气象，将我们的思想文化建设得博大辉煌，散发着新鲜活泼的创造力和风靡世界的软实力。古人有“为天地立心，为生民立命，为往圣继绝学，为万世开太平”之说，对于民族血脉起了难以估量的维系作用。我们如何在新世纪中，使自身的思想学术更上一层楼。民族的文化底蕴，民族文化共识是一种无法估量的力量，面对来势凶猛的经济全球化和日益频繁的文化对话，这种力量体现在：底蕴深厚，众志成城，处变不惊，应对多智，举措从容。

讲到中国文化精神，讲到大国文化气象，我初步觉得有四个要点应该记取，那就是：重健行，讲大度，究天人，成化境。

“天行健，君子以自强不息”，《周易》此言为众所熟知。

《周易》还有言："其德刚健而文明。"文明而要刚健，必须有原创精神和自强不息的奋斗精神。文明之所以为文明，必须有原创。没有原创，对于原始人类而言，就不可能脱离禽兽界，就包括人以双脚直立走路，都是一种原创；没有原创，对于现代人而言，就只能充当其他文明的附庸或稗贩，泯灭了人的主体原创本性。能不断地原创的文明，才能有自己刚健的风骨。只有刚健，大度才有依托，才有价值。鲁迅曾经在引用明朝贾凫西的鼓词里，说起纣王的话："几年家软刀子割头不觉死，只等得太白旗悬才知道命有差。"他觉得千篇一律、一仍旧贯的老调子，也是一把软刀子。因此唯一的方法，首先是抛弃了老调子。从而运用脑髓，放出眼光，开始新的创造。

大度联系着《周易》"地势坤，君子以厚德载物"，胸怀如大地一样博大厚重。不讲健行的大度，会流于平庸和懦弱，正如没有大度的健行会流于刚愎和霸道一样。《说文解字》解释"大"字："天大、地大、人亦大，故大象人形。"这是一个会意字，大既是天地的本质，也是人生存于天地之间的本质。人下有横是"集"（亼）字，大下有横是"立"（大）字，集天下之智慧以自立。因此《周易》以"健"解释乾卦之后，又以"厚"解释坤卦，古体的"集"字、"立"字底下的一横，就是大地，正如"旦"字底下一横，意味着太阳从地平线升起一样。要像大地那样"德合无疆"，也就是海纳百川，有容乃大的意思。正如佛教所谓："精进难坏如金刚宝，安忍不动犹如大地。”“大地持四重担。何等为四？一者大海，二者诸山，三者草木，四者众生。”中华文明历数千年不中断而愈壮大，都是天地合德所产生的无限的原创力和“法天广复，配地兼容”的巨大兼容力交互作用的结果。司马相如《难蜀父老文》中既提出“世必有非常之人，然后有非常之事；有非常之事，然后有非常之功”，又宣传“驰骛乎兼容并包，而勤思乎参天贰地”的胸怀。

为此，司马迁要“究天人之际，通古今之变”，这成为中国历史学智慧上千古不磨的格言，于今犹可做出新鲜的解释。究天者有自然科学，究人者有哲学社会科学。二者之际要通而究之，以求得人与自然的协调发展，人得科技而强，科技得人而正。二者协调发展的最高境界是化境。前人已经发现，“化”在殷周文字中是一个正立的人和一个倒立的人，即所谓翻跟头。化，不是平行推移，而是按照老子所谓“反者道之动”的方式，翻个跟头变化而成。怎样才能做到“立足当代又继承民族优秀文化传统，立足本国又充分吸收世界文化优秀成果”呢？关键就是这个“化”字。《周易》说“观乎人文，以化成天下”，化乃是人文的本质特征。明人董其昌《画禅室随笔》论书法：“作书最要泯没棱痕，不使笔笔在绢素成板刻样。东坡诗论书法云：‘天真烂漫是吾师。’此一句，丹髓也。书道只在‘巧妙’二字，拙则直率而无化境矣。”清人贺贻孙《诗筏》论诗：“炼句炼字，诗家小乘，然出自名手，皆臻化境。盖名手炼句如掷杖化龙，蜿蜒腾跃，一句之灵，能使全篇俱活。炼字如壁龙点睛，鳞甲飞动，一字之警，能使全句皆奇。若炼一句只是一句，炼一字只是一字，非诗人也。”化之中洋溢着天真烂漫、龙腾虎跃、画龙点睛的创造精神。抛弃食古不化，或食洋不化的拘泥，而要通过充分深入的现代性阐释、转化和运用，使古代的和外国的优秀文化智慧，在不同的层次、以不同的方式融入现代中国博大精深而又充满活力的文化创新体系之中。

我曾经讲过，衡量一种文化的生命力有两条不可缺少的标准：一条是它的原创性，一条是它的共享性。中国文化的总纲目和总体精神经过充分深入的原创性研究之后，它浮现出来的原理原则、知识体系和价值体系，还应该通过教育体制、传播体制化为全民族的理性思维能力和文化价值共识，成为举世同享的精神成果。我们的哲学社会科学在这里所承担的历史责任是非常重大的，它担当着为一个现代国家立根基、炼精神、铸国魂的基础工程。

（原载《北京日报》2004 年 8 月 25 日）

认识“大文学观”

敏感的文学也和我们一样，跨进了既属于我们，也属于它自己的新世纪。有所谓“文学三世”：古代文史混杂、文笔并举，奉行的是“杂文学”观念；20世纪接受西方“纯文学”观念，把文学祛杂提纯，采用诗歌、散文、小说、戏剧四分法；到了世纪之交，文学开始怀着强烈的欲望，要求在文化深度与人类意识中获得对自己存在的身份和价值的证明，从而逐渐地形成了一种“大文学”的观念。

在刚刚过去的那个世纪的人们，为文学由古典阶段到现代阶段的转型，做了许多实质性的脱胎换骨的工作。他们从晚清，尤其是“五四”以来，借用西方所谓Literature的“他者眼光”，对传统文学的家底进行盘点、清理、重组和发现，开创了新文学的局面。他们在文言文学之外发现白话文学，在正统文学之外发现平民文学，在文献文学之外发现口头文学，在中国文学之外发现世界文学。这四大发现把文学事业做新了，做活了，做大了，做得流派纷争、激情迸发、大起大落、悲喜交集。就文学论文学，20世纪的文学已经称得上大视野的文学，论著以千计，创作以万计，可以分出许多学科，可以列出许多体裁。若以字数论总量，20世纪文学的总字数可能超过以往的三千年。

然而，任何“大”都包含着或意味着“小”。纯文学观念起码隐藏着三个缺陷：一在本体论。当人们引进他者眼光对文学进行提纯处理时，它很可能把一些历史学、文化学的知识排除在文学体验的边缘或圈外，从而使文学出现某种程度的“失根状态”。二在功能论。西方观念源于西方文学经验，往往与中国经验存在错位。小说、诗词、戏曲，更不用说骈文、辞赋，中、西方都存在着叙事学、诗学原理原则和智慧方式的偏离与歧义，在发生学、形态学和源流学上都有各具千秋的历史发展系统。不经辨析、校正和融合，就轻易地套用西方观念，也就很难回到中国文化的原点，很难从本源上发挥中国文学思维和理论概括的优势。三在动力学。从西方引进的五花八门的文学思潮，包括现代主义、后现代主义思潮，是具有提供世界视境的巨大启迪作用的，但它们与中国社会发展、人生方式和文化现实之间存在着许多距离与脱节。单纯追慕新潮而忽略中国经验和生命神韵，是很容易产生类似于邯郸学步的负面影响的，这也许是一些不乏才华的创作缺失大家风范和传世素质的一个原因。

文学在中国，是一个开放性的系统，《论语·先进》列举孔门四科：德行，言语，政事，文学。“文学”在古人的注疏中，已释为文章博学了。汉代选举制的文学，则指文献经典。这种文学称谓未经近代纯文学观念的洗礼，自然流于驳杂。但提纯的洗礼带有某种人为的阉割性，使文学与整个文化浑融共处的自然生成形态被割裂了，因此在进化中隐藏着某种退化。新世纪的文学观要把传统的博识与20世纪的精纯，在新的时代高度上实行大文学观的创造性整合，催生出一种具有精审的现代理性的文学—文化的生命整体性。这就是《周易》所谓："大哉乾元，万物资始"；"至哉坤元，万物资生"。它直指文学发生的原始，直指文学生生不息的活力。尤其是当今世界，科技和经济的全球化浪潮来势迅猛，知识信息在瞬息间就可以在全球超国界传播，文学与高科技缔缘而在愈来愈深的本质层面改变着文学存在形态，包括它的书写方式、传播方式和接受方式。本是以深邃的人文精神为依托的文学，面临着普泛化、快餐化、通俗化和个人化的大狂欢和大尴尬。文化成了文学参与全球流通和竞争的身份证。

中华五千年和多民族的文化，是具有充分的魄力和元气涵养自己的文学之大家风范和大国气象的。在我们以大文学观体认文学与文化生命整体性的时候，也应该注意到，文学是一个格外聪明而调皮的孩子，往往童心未泯，很难预测它下一步要走到哪里，采用何种步态去走。但既然它是一个完整的生命历程，它必然会在大文学观念下返回自己的本性、本位、本体，并开拓自己广阔自由的运思空间，使文学成为千古文明和真实生命的现代倾诉，从而以一批里程碑式的创作，实现新世纪的辉煌。从这种意义上说，大文学观不仅是一种知识构成或知识重组，它更重要的是一种世纪性的文化胸襟。

时间的色彩

时间也有色彩吗？两千年是一个具有强大震撼力的奇妙数字。转眼间它带来新世纪的霞光，新千年的霞光，在我们的眼前闪耀。我们以香港紫荆花的金黄，澳门莲花的洁白，还有深圳拓荒牛的古铜色，来迎接它。人间的色彩，赋予时间以色彩。但是，霞光灿烂，但远非空明，人间的色彩依然诸色纷杂。东亚金融风暴，南欧战争硝烟，还留残影和血痕。白云苍狗，光影迷离处隐藏着几分变幻莫测的神秘。世纪交替，千年交替，展示了特殊的光谱学，此中景观实在是千载一遇。

新的一年是中国龙年，巨龙腾飞，无疑是中华儿女的共同心愿。但是我们并不固守甲子纪年，六十甲子反复循环，有趣，但烦琐。中国人删繁就简，依照国际通例，接受了公元6世纪的罗马教会法学家小狄奥尼西发明的基督教纪年法。这对于每逢改朝换代都要“改正朔”（年始为正，月初为朔），以表示“应天承运”一切从我开始的中国人来说，无疑是一种精神跨越式的进步，一种具有世界视野的开放性精神进步。“五四”时期的先驱者要把“他”字改成“他”、“她”、“它”，要把文字横排加标点，都得付出巨大的精神努力呢！你得承认这是进步。改动了时间结构，就改动了意识的结构。

如今中国改革开放的广度和深度，均非百年前的世纪初所能比拟。而且这种改革开放是方向端正，胆识兼备，有骨气、有主意、有英姿的。并非一味的赶时髦，追腥逐臭，病急乱投医。比如千禧年吧，如果根据基督教圣经《新约·启示录》第二十章对千禧年（millennium）的解释，则是预言基督复临治理世界的“千年王国”，在无底坑里关闭千年的魔鬼撒旦也出来拨弄是非，终被天降大火，烧灭在硫黄火湖之中。但是中国民众并不计较其中的宗教原旨，只不过借用这个温故知新的词语，来表达自己对“千年吉祥”的充满真诚和乐观的世纪祝福。中国人对别人卑躬屈膝、唯唯诺诺的作风，已一去不复返了。如果把《圣经》故事当寓言来读，指点着其中圣座的洁白、地牢的黑暗和火湖的通红，倒也可以从它的丰富多彩中，引发对人类命运的千古沉思。

时间也是有色彩的，这是在过去的一个世纪中国人的一个发现。在1900年，广东新会人梁启超被清政府悬赏十万银两追捕，作为国家要犯流亡日本宣传维新。年仅二十七岁的他，在《东归感怀》一诗中，就感受到时间的暮色：“极目中原暮色深，蹉跎负尽百年心；那将涕泪三千斛，换得头颅十万金。鹃拜故林魂寂寞，鹤归华表气萧森；恩仇稠叠盈怀抱，抚髀空吟《梁父吟》。”这首诗用了一些数字，百年、三千、十万，似乎暗示着这位流亡海外的政治文豪已经感受到西方纪元以数字为刻度的世纪意识。但他深知民族的苍老，把时间也染上暮气深沉的黯淡色彩了。

对20世纪中国文化以及民族国家命运发生深刻影响的“五四”新文化运动，也在重造文明中对于改变“时间的色彩”充满期待。鲁迅在《新青年》的《随感录》专栏中发表杂文，声称“在刀光火色衰微中，看出一种薄明的天色，便是新世纪的曙光”。他呼唤人们抬头迎接世纪曙光，“曙光在头上，不抬起头，便永远只能看到物质的闪光”。“抬头”，是迎接曙光的第一动作。但是曙光不易廉价获得，它需要多种生命色彩的合成，因此闻一多写了《色彩》一诗：“生命是张没有价值的白纸，自从绿给了我的发展，红给了我的热情，黄教我以忠义，蓝教我以高洁，粉红赐我以希望……”这似乎把英国科学家牛顿1676年在光学实验中发现的光谱都搬过来了。牛顿发现白色阳光可以在三棱镜下分解为赤、橙、黄、绿、青、蓝、紫七色光谱，提出了“色彩源于白光”的理论。然而，鲁迅、闻一多这些文化俊杰体验到的，与其说是机械论的颜色学，不如说是他们用心灵的眼睛观颜色，通过颜色来考察着和象征着一个民族的世纪命运。他们考察的是民族的“世纪气色”。民族命运变化了，人们对“时间的颜色”的感觉也随着变化，半个世纪以后，也就是20世纪下半叶，广东梅县出来的元帅叶剑英年岁已是当年梁启超的三倍，他的《八十抒怀》诗却写道:“八十毋劳论废兴，长征接力有来人。导师创业垂千古，侪辈跟随愧后尘。亿万愚公齐破立，五洲权霸共沉沦。老夫喜作黄昏颂，满目青山夕照明。”青山夕照，也能使黄昏变“明”，人心中的色彩，岂不是在改变着时间的色彩？又过了六年，另一位广东海丰出来的世纪老人，民俗学家钟敬文也有《八十抒怀》:“已是人间八十身，险途历尽见通津。儿时情事犹留影，早岁文章少惬心。举国争开新局面，诗人当绘锦乾坤。白头不叹东隅失，要把秾华饰暮春。”两首诗中的暮色、黄昏，似乎重复了梁启超，但它们赋予时间的色彩却是繁花似锦，青翠明丽，显示了中国人久阅沧桑后一种坚韧的生命力和深厚的自信心。

自从改革开放和实行社会主义市场经济以来，我国人民的物质生活方式和文化生活方式充满生机，并获得了非常丰富的选择。经济的高速持续发展，加上“一国两制”方略的实施和五十六个民族的共同创造，中华文化出现了色彩丰艳的盛况。此情此景，用深圳一处景观来比拟，就是“锦绣中华”。《说文解字》说：锦，杂色织文也；绣，五彩备也。讲的就是多姿多彩的文化奋发创造，竞争出优，长短互补，与时俱进，才能够显示中华文化的博大精深和生机盎然。于千禧之庆的时候，我们面临着经济科技全球化的趋势，这一方面给我们共创、共有、共享人类现代文明提供了机遇；但另一方面也不应忽视，霸权主义和强权政治正在利用文化作为

“软力量”，对丰富多彩的世界各国文化进行“脱色处理”。“脱色”实际上就是脱掉你的色，染上我的色。清人有诗云：“拈出五色笔，齐开百种花。喧之沧海日，烂若赤城霞。”人类自有五色笔，不应剥夺他们绘出百种花的创造力和享有百种花的权利。国际政治多元化的趋势，主要当然是国家综合实力的竞争。不过，在发展经济实力的同时，人类必须对这个历史命题获得共识：保护文化生态，为人类多保留和贡献一份精彩。

那就让我们以远见卓识去迎接千禧年的霞光，或如鲁迅所说，抬头迎接新世纪的曙光吧。灿烂的霞光会赐福于你，把你全身心照亮，或如德国文豪歌德所言：“一个人迎着晨曦前进，等到红日东升，它的灿烂光辉会使他不由自主地感到惊讶。”

（原载《中国文化研究》2000年春之卷）

为文学洗个脸

——与《解放日报·周末版》记者的谈话

【《解放日报·周末版》记者引言】岁末年初，中国社会科学院文学研究所举办首期“文化国情论坛”，品评文坛现状，受到京、沪报刊的关注。文学研究所所长杨义直言，要“为当今文学洗个脸”，一语既出，引起震动。

尽管并非当代文学研究专家，但作为贯通古今文学、文化的研究者，杨义以三千年中国文学史的宏观立场，观察最近十年的文学现状，所发出的真知灼见，无疑值得重视和倾听。

上周，在中国社会科学院的办公室里，杨义接受了本报记者的独家采访。温婉的学者气息、绵软的广东式普通话，湮没不了话语中的力度。在杨义看来，当今文学成就斐然，但不应陶醉的是，流风变幻，蓬头垢面已久，以脏为酷，以乱为美的卑下取向亟须引起重视。

给当今文学“洗脸”，而非“洗澡”

解放周末：您提出的是“给当今文学洗脸”，为什么不是“给当今文学洗澡”，显得更有冲击力？

杨义：“洗脸”是一个客气、文雅的说法。洗脸，表示我们对它的态度是尊重的，爱惜的。在这个基础上，我们才指出当今文学留有很多遗憾，有很多值得作家、评论家反思的东西。

解放周末：最近几年有不少针对当代文学的批评，其中不乏尖锐的批评，甚至是“炮轰”。有人说“中国当代文学都是些垃圾”，您怎么看？

杨义：不能这样说。这些年我们国家出了很多有才华的作家。在最近几年的作品中，不能否认，相当一些作品是出色的。如果排除西方中心主义的偏见，有些作品和国外的文学作品相比起来，甚至也是毫不逊色的。一些长篇小说，像《白鹿原》，你们上海的《长恨歌》，甚至《红高粱》、《尘埃落定》、《秦腔》、《狼图腾》，都有很多优秀之处。就文字水平、想象力水平和叙述水平来说，当今的一部分优秀作家已经超过过去了。他们在语言文字的能力、表达叙事的技巧、结构框架的经营这些方面，已经达到了新文学近百年来的高峰。

当然，这样的作家是极少的，这样的作品也非常少。在商品化、消费性冲击着文学写作的趣味的时期，要从纷纷扰扰的文学作品中找垃圾，在外国和在中国都一样多。有能力、有眼光的批评者的本事，不是发现垃圾，而是从垃圾中找出珍珠。优秀作品、优秀作家在当代中国毕竟是存在的，而且愈来愈多，我们对当代文学的成就不能全盘否定。要是没有这一点认识，我是不愿意给它“洗脸”的。

作家应该有两副笔墨，两种姿态

解放周末： 要端出一盆清凉的水，给文学洗把脸。那么在您看来，脏在何处？也就是说，当今文学最大的问题是什么？

杨义： 最主要是我们的“生命投入”太少了，稀薄了。文学的本质是一种生命的转喻，把作者刻骨铭心的生命体验转喻到呕心沥血的文字中，无论叱咤风云、梦魂萦绕、痛心疾首、荡气回肠，都绘声绘色地传递给读者。曹雪芹写《红楼梦》，“字字看来皆是血，十年辛苦不寻常”，“批阅十载、增删五次”。一辈子写一本书，用生命来写作，才有了流芳千古的旷世杰作。

解放周末： 但是，到了21世纪，社会节奏非常快。市场要求作家出产多、出手快，如果不这样，很快就会被读者遗忘。现在的作家很难像曹雪芹那样躲在破草房里写一辈子。

杨义： 所以我们很多作家进入了社会潮流里，加快了写作节奏。也就是在加快节奏的同时，作品中的生命含量被稀释了。我们不容易看到那些因为呕心沥血地灌注了作者的人生体验、生命逻辑，而变得凝重、饱满、丰厚，令人刻骨铭心的好作品。相反，印象性的、嬉皮笑脸的、稀奇古怪的，或者说是狂想恶搞的东西未免多了。

解放周末：我接触的一些作家非常“高产”，一年能写三四本书。

杨义：有的作家一年能写五本书。我说，你能不能够有一本书，是用五年、十年，甚至更长时间写的呢？一年写五本，是因为要跟上潮流，我们也不能完全排斥。但你总要为这个时代留下些什么啊。所以我提倡，作家应该有两副笔墨。一副笔墨，跟着时代节奏，尽量多方试验。另外一副笔墨，静下心来，呕心沥血，写一两本好书，一两本能够百读不厌、传之久远的上乘之作。

解放周末：两副笔墨，两种姿态。

杨义：对。不光是作家，进一步来说，我主张我们学者也应该有两副笔墨。一副笔墨写出来的东西，只有最懂行的专家或者博士以上的学者看了后才知道好处。另一副笔墨，就像“百家讲坛”，可以厚积薄发地把自己的学识传播给读者。在孜孜不倦地追求学术品位，提升学术层次的同时，我们的学者是不是也能用比较生动、明白的方式，把文化传播给大众？

在我看来，文化的生命力有很重要的两点。一个是原创性，没有原创的文化是没有生命的。一个是共享性，创造出来的东西只有几个人孤芳自赏，而不能成为整个民族的力量，这种文化很容易变成需要保护、抢救的文化遗产。真正的文化，必须要以活泼的生命力走到我们中间来。这也是文化唯一的存在方式。

嬉皮笑脸的东西一多，就“缺钙”了

解放周末：改革开放二十多年来，市场经济的影响力、消费主义的浪潮，对文学产生了非常大的冲击，这是一谈到文学现状，就无法回避的事实。

杨义：是的，文坛始终不平静，喧嚣、浮躁，兑水、耍花招、文字粗糙……但更严重的还是道德下滑、精神贫血。最近几年，搞搞乐、逗逗笑的东西太多了，直面现实和触动历史神经的作品太少了，作家肯定和弘扬正面精神价值的艺术把握能力不够。中国作家应该学会讲现代大国的故事，大精神、大关怀、大智慧、大原创的东西应该多一些，别别扭扭、装模作样的小家子气少一些，让人们读起来过瘾、解气、醒脾，拍案叫绝，掩卷难忘。

解放周末：能否举个例子？

杨义：中国是个历史大国。历史小说、历史电视剧、历史电影出现不少。当然其中有一些作品还原历史，向历史深处挺进，从那里挖掘能给现代人产生震撼和启发的历史经验。这些作品是有生命力的作品。但还有很多作品，从消费意识出发，用游戏的方法、娱乐的方式来消费历史，消费经典。消费难免，但消费也须有所节制。甚至连一些体现民族精神的人物，也一个接着一个被现代人“解构”了，那可能有点自毁脊梁之嫌吧。

解放周末：说到“解构”，往往意味着藐视权威、反抗压制，似乎是时尚的西方舶来品。

杨义：其实这只是西方学术界的一种声音。实际上，西方国家对国家利益和民族精神是非常尊重、非常有责任感的。在英国，莎士比亚的价值得到了整个国家的尊崇，甚至有一句极而言之的话说：“宁可失去印度，也不能失去莎士比亚。”这话查无实据，却发人深思。一个民族总要建立起自己的脊梁、自己的主心骨。对于民族精神的象征性人物，是不应被徒博一笑地解构，更不应被无心无肺地恶搞的。消费历史，应该有消费的伦理。

解放周末：在当今社会，因解构、恶搞而暴得大名的比比皆是。实际上，那些从正面来把握历史和现实的，有深度的作品，受到尊重的反而不多。

杨义：《三国演义》是正面写历史的，《西游记》也正面写人物，甚至金庸的武侠小说正面写大侠，都能打动人心。不能把正面写，等同于说教或简单化，它正视矛盾以见力量，审视人性以见深度，注重特色以出风采，能够以批判精神透视历史的深层脉络，能够在复杂的心灵折光中发现人性的光辉，能够探讨新的美学方式令人耳目一新，因而需要更高的智慧。社会开放之后，可说是八面来风，各种思潮，各种新奇的东西都进来了，为文学创新提供丰富的资源。在这种情况下，我们应该更有自己的主心骨，更有自己的识力和定力。越是八面来风，越是要扎下自己的根，才不至于成为随风飘转的飞蓬。从整体看来，我们深刻而有特色地把握历史脉搏的能力不够，一把握起来就缺乏底气，就进入套套。所以，嬉皮笑脸的东西就多了。而嬉皮笑脸的东西一多，文学就“软”了，就“缺钙”了。

时尚写作卖的不是价值，而是符号

解放周末：当前还有一个不容回避的趋势——文学越来越时尚了。

杨义：很多写作都是时尚的写作。卖的不是价值，而是符号。什么“身体写作”、“欲望叙事”、“美女作家”、“××小说”……创造出一个个概念，一个个噱头，便于包装，容易销售。我看最近几年是“时尚淹没原创，跟风大于定力”。

解放周末：相当一部分作家并不排斥时尚，他们觉得时尚能够使古老的文学变得年轻，焕发生机。

杨义：不错，时尚可以使文学变得色彩鲜艳，鲜艳比枯槁好；但是色彩鲜艳得走火入魔，容易让人晕眩，目迷五色。其实，时尚和跟风可算是文坛的一种习惯。前几年，一说“寻根”，大家就都去“寻根”，恨不得把丛林、原始部落翻出来；一讲“先锋”，大家都开始解构、后现代；一讲“新写实”，大家都来小市民、一地鸡毛。在我看来，这些都是一种流动中的模式化和类型化，有一点创意，有一点新鲜，但更多的是模仿，和真正的有深度的原创是有区别的。老子说：“反者道之动”，为什么不可以把跟潮和反潮纠结成为一种叙事的复调呢？“百尺竿头，更进一步”，是一种创新；“百尺竿头，竿头转身”，何尝不是另一类的创新？

解放周末：“身体写作”、“欲望叙事”刚提出来的时候，应该是有其特定背景的。

杨义：过去的文学对身体太压抑，对欲望太禁锢。所以，提出“身体写作”、“欲望叙事”时，多少有一些突破禁区、解放人性的正面价值。但是，一方面要尊重人情人欲，同时也不能够过度地、无节制地卖弄人情人欲，不能把它们当作吸引顾客的招牌，甚至作为卖点去经营。相反，应该对它进行审视、揭示，使它按照一定的思想深度、有益于整个民族的心灵生长的方向发展。我对作家们的建议是：大胆一下也无妨，但不要浮浅。这类欲望叙事，应该以既开放又庄重的叙述纹理，尊重人情人欲，挖掘人情人欲背后的深层意义，而要避免简单的卖弄，赤裸裸的呈现。

解放周末：但是，现在的商业操作，往往让这种浮浅的、卖弄的，甚至不是文学的“文学”越来越红火。

杨义：商业操作不完全是坏事，文学如果“不食人间烟火”，也发展不起来。当今文学之所以有今天这样的规模，就是因为有市场的作用。但是，我认为，写作者应该有“文化自觉”，要有自己的追求目标，尝试为我们的民族增加新的精神内涵。而不是说，只要能够卖得出去就满足了。作家不应该成为“卖点的奴隶”，在找“卖点”的同时，应该寻找更能够体现自己的心灵寄托的“亮点”。

解放周末： 况且，真正的“亮点”也能够引起读者的共鸣，往往能成为下一个“卖点”，被市场认可，被大众接受。

杨义： 对。所以，好的作品不一定畅销，但一定长销，因为它能够影响一大批读者的精神世界。

越脏越丑越深刻，越叫座？

解放周末： 让人揪心的另一个现象是，文学批评也“死了”——文学批评陷入了“商业炒作”，陷入各种各样的“批评关系学”、“炒作术”中。您认为，合格的批评应该是怎样的？

杨义： 唐人刘肃《大唐新语》记载了裴行俭：“士之致远，先器识而后文艺也。”批评家应该“先器识而后批评”，应该有阐述力、说服力，还要有引导力。不仅要指出作品的长处在哪里，同时要指出毛病甚至要害在哪里，如果批评家能够站在一定思想高度上，能有眼光和勇气，提出建设性意见，对文学发展是大有益处的。

比如“80后写作”，确实有一种青春气息。过去我们的作家，除了传统的成人文学和儿童文学外，忽视了青春文学。“80后写作”填补了这个空白，加上行文比较直率，也有一定才气，很快就被市场、读者接受了，其中一些青年作家就觉得轻飘飘了。此时，批评家就应该告诉他们，如何成为一个真正的好作家。他们有很好的潜质，但也很有可能浪费潜质。因为这个社会空间大了，同样的水、同样的积累放到更大的空间里，相对就变浅了。这就是《庄子・逍遥游》中说的“水之积也不厚，则其负大舟也无力”。

解放周末：现在有一些作家，让人在惊叹他的才华的同时，也禁不住替他惋惜。

杨义：我们有很多叙述能力很好的作家。但是有些作家热衷于“抹黑”，或者赤裸裸地“卖丑”，无所顾忌，似乎是越脏越丑越深刻、越叫座。但是，我在想，我们的作家，有没有人能够讲一两个能够震撼人心的，而且非常有智慧、有魅力的中国故事？告诉世界，这是只有中国人才能讲出来的美妙故事。就像现在的一些韩国电视剧，之所以获得成功，其实也是在通过那种甜蜜的、青春的气质，讲述一个关于他们的民族的故事。他们不是卖丑装怪，来自损国格的。

我们的文学和民族的全面振兴相称么?

解放周末：能够感受到您的危机感和忧思。对文学的发展来说，自我解剖、自我拷问的精神是不可缺失的推动力。

杨义：文学研究所之所以搞这个“文化国情论坛”，就是源于两点思考。一个是在整个民族全面崛起的过程中，文学如何发挥其作为精神引导的作用，为建构一个现代大国的精神形象发挥力量。一个民族在全球化的挑战中崛起，在这个过程中，如果完全放任文学和文化，遵照原始的本能或商业逻辑来操作，会出现很多问题。我们的心灵发展过程和经济发展过程协调么？我们的文学和民族的全面振兴相称么？它缺失了什么，它又应该做些什么？

解放周末：对文学的发展而言，现在似乎是一个很好的时代。但在商业化等因素的作用下，似乎又是一个文化生态环境糟糕的时代。

杨义：我认为，经过近百年来的探索，以及社会气候的变化，作家获得了一个很好的生长空间。我们应该自尊、自重、自爱、自省。1988 年时，很多人说文学达到了“五四”以来的高峰。我说，“文革”结束后的头十年，应该说是“五四”以来文学最活跃的时代，但是，这是一个才子气的时代，而不是已经出现大家风范的时代。根据我对文学的研究，之后的十年、二十年会是一个大发展的时代。果然，到 20 世纪 90 年代，长篇小说开始辉煌，但同时我们也很遗憾，真正好的，有传世能力的作品仍然很少。

我们很难看到哪个时代的文学像今天这样活跃、丰富、琳琅满目。当前，中国一年出的小说近一千部，而古典白话小说从宋到清，不过一千余部。现在文学规模相当大，可说是“文学大国”。但是，怎样把“大”字做强，有数量更有质量，这是作为一个负责任的研究者应该思考的。规模突然膨胀，良莠不齐，泥沙俱下，怎样规范它？有没有很好的引导，给它提个醒、洗个脸，还是任凭它随波逐流？这是我思考的第二个问题。

解放周末：从宏观上讲，文学、文化也应是国家的软实力之一。

杨义：是的。文化工程是人心工程。我们往往很注重主流的声音，但怎样把主流的声音、核心价值体系转化为整个民族的思维逻辑，在共享国家崛起的物质财富时，为社会的发展提供坚实的精神支撑、美好的精神依托，这是整个社会都应该思考和实践的。文学也要思考，应该多一点思考者的文学。

王蒙小说的哲学、数学与形式

一、猎狗变蝴蝶的文学传奇

在当代作家中，观察与思考的神经最为活跃和发达者，莫过于王蒙。作为一个丰富而复杂的文学存在，王蒙的文学本质特征，在于通过波澜壮阔、一浪接一浪的文学式样翻新，执着地进行社会、历史、政治、文化的反思，以及反思之后紧接着新一轮“对反思的反思”，从丰富的维度直接介入和参与时代和中国人精神谱系的理性思考。他不是站在这个时代之外来批判这个时代，而是反复咀嚼着自己的刻骨铭心的人生苦难和应对苦难、超越坎坷的不懈的坚持，连同对自我的批判来批判这个时代。

因而“刻骨铭心”四个字，是王蒙历难和超越的路碑，是王蒙人生与文学的关键词。“右派”帽子压抑下的可以说是“人非人”，人失去尊严的精神苦刑和历练，对于一个思想者而言，是刻骨铭心的。有所谓“国家不幸诗家幸”，“刻骨铭心”的历练作为一种不可复制的思想资源，成就了他一生最好的实际学问和反思的纠结点。他以历练与生我养我的这个民族一道，承担了命运的苦涩，不撂下挑子在一旁唉声叹气，也不置身度外而搬弄风凉话，却又能在担当中化解苦涩，在抉心自食中获得新的智慧。他有资格说，“所有的跌宕悲喜，都是人生的历练，都凝聚成人生的智慧：沉浸、阔大和喜悦”，“历练是银，活法是金，遭遇是外在的，而活法全在自身的选择”①。没有人会否认王蒙睿智，但这种睿智不是归隐或逃避，而是出自对脚下这方土地的诚意和深爱，而且爱得心头流血。用心头血换来的智慧，才是最值得珍视的。这种呕心沥血的智慧化为五彩缤纷的审美，是始于形式，融合数学，而深入到哲学的。这就是王蒙小说的独特形态。

自从 20 世纪 80 年代重返文坛，王蒙就津津乐道于自己创作取材的界域，是“故国八千里，风云三十年”，他以这么十个字敞开了一个广阔的时空，“八千里”意味着生活坎坷，“三十年”意味着历史曲折。在八千乘三十的沉重中，生活对王蒙不依不饶，王蒙对生活也不依不饶：“生活中的这些事情会相当快地进入我的小说。我希望我的小说成为时间的轨迹。”②他对三十年的时间轨迹作“编年学”的追踪，但旋涡中汹涌着的“刻骨铭心”的生活，使他的“编年学”成了躁动不安的颠三倒四的“编年学”。在“编年学”的颠三倒四中，

---

① 王蒙：《一辈子的活法》，北京：北京出版社，2011年。

② 王蒙：《倾听着生活的声息》，《你为什么写作》，北京：人民文学出版社，2004年，第53页。

他主张从时空的发展来看“我们互为历史，互为博物馆，互为寻找和追怀、欣赏和叹息的缘起。我们互为长篇小说”①。要做到这四个“互为”，他必须参悟生活，也必须参悟形式。他也许是当代高雅文学作家中最高产的。以小说为例，就有《青春万岁》、《活动变人形》、《暗杀—3322》、《恋爱的季节》、《失态的季节》、《踌躇的季节》、《狂欢的季节》、《青狐》九部长篇，中篇小说有《布礼》、《蝴蝶》、《杂色》、《相见时难》、《名医梁有志传奇》，《在伊犁》系列小说以及一百多部小说集。这些作品所涉及的时间和地域，使之几乎成了当代中国社会政治生活风波和知识分子精神磨难的包罗宏富的编年史。这种时间的编年学之所以刻骨铭心，是在其原始底色中珍藏着一种“少共情结”，一颗少年布尔什维克的心，而这种情结这种心，却一再被捂入镪水中浸泡，被凋蚀得到处都是伤痕和棱角。很难找到第二个作家能够像他那样创意迭出，式样翻新，无论是流光一闪的青春期，还是灵感泉涌的复出而极盛而不知老之将至时期。如果需要从文学中解读当代中国的政治文化史，解读当代中国知识分子的精神罹难史，王蒙作品是一个难得的百味兼陈的典型。百味兼陈，不仅要“陈”，而且要升华，升华出哲学以含蕴百味。

历史的潮头在推涌着王蒙，搓揉着他的“刻骨铭心”。

---

① 王蒙：《失态的季节》，《王蒙文存》第5卷，北京：人民文学出版社，2003年，第1页。

在1979年至1980年那一波现实主义回归和现代主义初萌的浪潮中，他在不到两年的时间里，轮番推出《布礼》、《夜的眼》、《风筝飘带》、《蝴蝶》、《春之声》、《海的梦》等一组中短篇小说，超越回归而率先尝试西方意识流手法，重启已中断多年的意识流写作的东方化进程。他从形式入手，打开通向哲学与数学的大门。他本人借用自己作品的名字，以蝴蝶自拟："我的一篇小说取名蝴蝶。我很得意，因为我作为小说家就像一个大蝴蝶。你扣住我的头，却扭不住腰。你扣住腿，却抓不着翅膀。你永远不会像我一样地知道王蒙是谁。"①这只"百变蝴蝶"提出了"王蒙是谁"的命题，他虽然"百变"，但百变不离其宗，就是围绕着他的"刻骨铭心"。

本来王蒙最初起名，联系着西方文学名著，也是林（琴南）译小说名著。其父王锦第，北京大学哲学系毕业。据王蒙回忆其父在北大上学时"同室舍友有文学家何其芳与李长之。我的名字是何其芳起的，他当时喜读小仲马的《茶花女》，《茶花女》的男主人公亚芒也被译作'阿蒙'，何先生的命名是'王阿蒙'，父亲认为阿猫阿狗是南方人给孩子起名的习惯，去阿存蒙，乃有现名"②。亚芒化作蝴蝶，这还不够，王蒙生年属什么？王蒙说："狗"。他有一次清晰而准确地发了这个单音后，惭愧地笑笑说：很抱歉，本来想属得雅一点的。狗性

① 王蒙：《王蒙文集》第7卷，北京：花艺出版社，1993年，第705页。
② 王蒙：《王蒙自传第一部：半生多事》，广州：花城出版社，2006年。

忠诚，但奔波劳碌。狗在筋疲力尽，甚至伤痕累累之后，变成一个现代的庄周，酣然做起了“蝴蝶梦”。这就是作品的意识流，感染着作家也来一个意识流。这不是一只养尊处优的宠物狗，而是一只猎狗，长途奔袭，捕捉思想的猎物，将浑身的泥泞和汗水，化为千变万化的美学蝴蝶，创造了一个当代文学史上猎狗变蝴蝶的传奇。

二、刻骨铭心的精神底色与时间轴之零

先考察王蒙小说的起点，看其中隐含着何种文化基因。尽管人们将《青春万岁》当作王蒙的处女作，但这部写于1953年，作者十九岁时的成篇，历经磨难，于1979年正式出版的时候，却令人感到青春犹在，已是隔代前尘。小说以如诗似歌的青春热情，描写了1952年北京女七中郑波、杨蔷云等一群高三学生的学习、生活，生机蓬勃，散发着鲜明的时代色彩和浓郁的青春气息。如作者在《序诗》中所言：“所有的日子，所有的日子都来吧，让我编织你们，用青春的金线，和幸福的璎珞，编织你们。”如此以金线编织日子，涉世未深，但那种有点不可救药的乐观情怀依然作为历史档案存入人们的记忆。这在现代中国人的精神谱系基因库中，是一种独特的存在。

真正应该视为王蒙小说起点的，是1956年发表的《组织部来了个年轻人》，此时王蒙二十二岁。是否他想借以夫子自道？小说主人公林震也是“才二十二岁”，与作者同龄。这就是

王蒙好用于主人公年龄的数学，他的不少作品总有一个正面的善于思考的人物，与他同龄或年龄相仿。小说在建构着一种“年龄话语”，以年龄与现代中国的时间轨迹，共构“编年学”。林震富于理想、勇于进取，他订规划，学这学那，做这做那，他要一日千里，宣称人要在斗争中使自己变正确，而不能等到正确了才去做斗争。初入组织部，对于那里弥漫着的麻木、拖延、不负责任的空气，感到“是对群众犯罪”。慷慨激昂地表示：“党是人民的、阶级的心脏，我们不能容忍心脏上有灰尘，就不能容忍党的机关的缺点！”他面对的是组织部第一副部长刘世吾，这位长官用一句口头禅“就那么回事”，作为应付工作和生活的万能灵丹，似乎是一个看透一切的“哲学家”。初见面就对林震赠言：“我们的工作并不难做，学习学习就会做的，就那么回事。”指导青年人处理家庭生活，就说：“你的许多想法是从苏联电影里学来的，实际上，就那么回事……”在“就那么回事”的背后，掩盖着刘世吾可怕的冷漠与麻木的心态和病症，成了对事业、对生活采取旁观者态度的“老油条”式的官僚主义者。刘世吾是这样敷衍问题：“当然，想象总是好的，实际呢，就那么回事。问题不在有没有缺点，而在什么是主导的。是缺点是基本的？显然成绩是基本的，缺点是前进中的缺点，我们伟大的事业，正是由这些有缺点的组织和党员完成着。”又这样批评进行“年龄批评”：“年轻人容易把生活理想化，他以为生活应该怎样，便要求生活怎样，作为一个党的工作者，要多考虑的却是客观现实，是生活可能怎样。年轻人也容易过高估计自己，抱负甚多，一到新的工作岗位就想对缺点斗争一番，充当个娜斯嘉式的英雄。这是一种可贵的、可爱的想法，也是一种虚妄……”听刘世吾谈话，似乎可以消食化气，但它在制造着一种“机关空气”，形成了一种机关精神冷漠症。

小说的许多细节描写，幽默、嘲讽中已经露出了几分老到，显示了对党政运作方式的批判性了解。行文中提及的苏俄作品有《拖拉机站站长与总农艺师》、《静静的顿河》、《被开垦的处女地》和屠格涅夫《贵族之家》。也就是说，王蒙创作伊始，拥有浓郁的“苏俄文学情结”，让小说主人公根据电影里全能的党委书记的形象来猜测党工作者，遇到难题就自言自语：“按娜斯嘉的方式生活，真难啊！”小说中触及爱情这种人类青春的主题，在林震的身边增加了一位赵慧文，他们之间的纯洁而微妙的情感波动，对机关作风的趣味相投的剖析，实际上增添了描写的维度，加深了心理深度。这些情结和主题，都作为创作中的原始关照，为王蒙二十余年复出后的小说提供了反思的对象和探索的始发点。这里存在着王蒙刻骨铭心的精神底色。

复出后的王蒙写了一批意识流小说，这一文学行为无异于在格局过于单一的中国文坛发生一次地震，在以创新为务的作家面前敞开了一个广阔的空间。小说竟然也可以这样写，这就以形式的解放撞开了精神解放的大门。而《布礼》成为对王蒙意识流进行解码的钥匙，但它与其说用了意识流，不如说用了“时间流”，时间的颠倒错综使人生与它的时代已到碎片化了。捡拾时间碎片，沾满斑斑泪痕血迹。对这段人生的思考，对王蒙而言，是刻骨铭心的。《布礼》通过时间的灵活调度，其结构在乍看有点颠三倒四中，几乎每一章都组合了一正一反、亦庄严亦荒谬的两个时间段，使之相互质疑，相互碰撞。年代的数码，也有正数和负数，这也是一种联系着人文与审美的“数学”。

庄严与荒谬的转捩点是1957年8月，小说就从此处落墨，这是数字轴上的零，零蕴含着无穷大。零也可能是一个黑洞，吞噬精神上的光。中心城区委员会的青年干部钟亦成，因一首小诗被首都报纸作为毒草批判，被划为“右派”；到1966年6月，又被红卫兵批判、殴打。随之时间跳回1949年1月，反顾精神的原始底色。作为高中学生、党支部书记的钟亦成，组织护校、护城，迎接解放军进城，生擒国民党败兵。女中学生组成的领队凌雪，对他挥手：“致以布礼！”即“布尔什维克的敬礼”。接着又跳回1966年6月，被红卫兵打晕的钟亦成苏醒过来，叹息这些与自己参加护城时年龄仿佛的红卫兵：“在人类历史的永恒的前进运动中……如果没有十七岁的青年人，就不会有进化，不会有发展，更不会有革命。”他在昏迷中喊出：“致以布礼！”时间顺着前跳到1970年3月，宣传队副队长质疑他十五岁入党，十七岁以候补党员当支部书记，是欺骗。似乎为了辩解或反驳，时间又逆向跳回1949年1月，城市解放，钟亦成到大学礼堂参加党员大会，慷慨激昂的讲演，革命狂欢的会餐。

接下来的是《布礼》时间前移，展示1957~1979年二十余年的精神历程。钟亦成常常想起这次党员大会，想起那些互致布礼的共产党员们，感到为此宁愿付出一生被委屈、一生坎坷、一生被误解的代价，也是值得的。应该看到，1949年迎接解放与1958年戴上“右派”帽子，这两个时间点的反复撞击的精神效应，是刻骨铭心的。于是，时间碎片化，频繁跳跃于1950年2月听区委书记老魏讲党课；1957年11月被定为反党反社会主义的资产阶级“右派”分子；1967年3月，群众组织批斗老魏，钟亦成陪斗；时间又定格在1979年。一个灰影子钻到了卧室，与钟亦成对话。灰影看破红尘，指责不论是致以布礼还是致以红卫兵的敬礼，不论整人还是挨整，全是胡扯，全是一场空。钟亦成自信心灵曾经是光明的，而且今后会更加光明，今后去掉了孩子气，仍然会留下更坚实更成熟的内核。而灰色的朋友，“除了零，你又能算是什么呢？”尽管庄严与荒谬纠结，但“布礼”情结和信念九死无悔，百折不磨。钟亦成与灰影辩论，零到底是虚无，还是无限？

支撑着“布礼”情结和信念的，有两根支柱。一根在社会，一根在家庭。时间闪到1958年3月。戴上“右派”帽子的钟亦成约会凌雪，打算割断爱情丝缕，免得“玷污了你的布尔什维克的敬礼”。但凌雪回答：“黑怎么能说成白……让我们，让我们结婚吧！……党是我们的亲母亲，但是亲娘也会打孩子，但孩子从来也不记恨母亲。”追溯这根爱情、家庭的支柱，支撑着 1951~1958 年，他们拥抱光明，互为自我，埋在心底、浸透在血液和灵魂里的光明和爱，是摧毁不了的。1958 年 4 月，二人结婚，凌雪被开除出党。区委书记老魏备酒祝贺。1958 年 11 月，他被下放到山区农村劳动改造。灰色的影子又来可怜他，不要像个傻瓜似的看不透。他反问灰色的朋友，有什么资格说看透，你到生活的激流中游过泳、经历过浮沉吗？没有下过水的人有什么资格评论水、抨击水、否定水呢？时间又跳到 1970 年。钟亦成叹息：祥林嫂！为什么生活在社会主义新中国的一个共产主义者，一个朝气蓬勃、赤诚无邪的年轻人的命运竟然像了你？中华民族呀，多么伟大又多么可悲！经过一段“年代不详”之后，又跳到 1978 年 9 月。钟亦成写了申诉，希望以二十一年的血泪和痛苦，恢复历史真相。提到血泪痛苦，时间又闪回 1958 年 11 月 ~1959 年 11 月，他在山区掏大粪，背着粪篓子给梯田施肥。春天，深翻地；夏天，割麦子；秋天，打荆条。习惯了农村的劳动和生活，成了山里人。他因思想而获罪，获罪之后却变成了无人过问、自生自灭的狗尿苔（一种野生菌类）。他黑夜救火负伤，却招来疑是纵火犯的审查。瞬间闪出的 1979 年灰色的影子，嘲笑他“活该”，被他斥退。随即跳到 1975 年 8 月，严酷事实的长期折磨，使其精神上负罪感消失。却接到老魏在“文革”中入狱七年，身患血癌的消息，回城看望时，老魏痛惜“反右”扩大化“毒化着我们的国家的空气”，写下为钟亦成改正的意见书而撒手人寰。这是社会政治生活的精神支柱，钟亦成脱帽肃立，“致以布礼”。又闪回1959年11月27日，救火反被审查的钟亦成昏死后，区委书记老魏赶来看望，许多农民为他请功。最终时间凝止在1979年1月，钟亦成、凌雪夫妇接到了平反昭雪、恢复党籍的书面结论。尽管“布礼”这个名词久已消失，为人淡忘，他还要向全世界的真正的康姆尼斯特——共产党人致以布礼。

这部中篇以时空错乱的形式，对接起庄严至极、荒谬也至极的历史碎片。它已经超越了一般的“伤痕文学”，反思了从新中国成立到“文革”结束三十年间亦悲亦壮的知识分子精神痛史。这里有岁月的失落，也有精神的启示，从血泪浸泡中，打捞出一颗金子般的心。王蒙是在耍弄着什么“乌托邦”语言吗？他是顽强地行走在遍地泥泞坎坷旅程上，进行理性求索的思想者。由于是理性求索，行文中的独白和议论，很难说是“意识流”中无端涌动的潜意识或下意识了。值得一提的是，王蒙在1979年6月写成这个中篇，思想已经追踪到1979年1月，他的思想过程是从“过去时”中延续了“现在进行时”。他对文化与人的痛苦的反思，是立足现在，抓紧现在的，这就是王蒙的精神关注点，就是他的“人文 一 数学”上的“ 一 ”，“天得一以清，地得一以宁，神得一以灵，谷得一以盈，万物得一以生”（《道德经》）。王蒙是经常引用《老子》的这段关于数字“一”的名言的。

三、审美几何学与生存哲学

王蒙小说创作全盛期的代表性作品，是《活动变人形》。他以形式蕴含思想，以形式创新宣示思想解放的叙事策略，在这里表现得淋漓尽致，淋漓尽致得有一点像巨幅的泼墨画。书名就相当怪异：活动变人形是一种日本玩具读物，“像是一本书，全是画，头、上身、下身三部分，都可以独立翻动，这样，排列组合，可以组合成无数个不同的人图案。所以叫‘活动变人形’。”①三个板块的拆解和拼合，就是王蒙的“审美几何学”。作家就是用这种板块推移、随意翻篇的叙事方法，大开大阖地展示了一个趋慕洋风的知识者在旧家庭泥泞中打滚的人性变态和心路坎坷。他将文化解剖刀伸入人性人欲深处，随意挥洒，笔墨恣肆，而又冷峻得带有几分颠三倒四的残酷；不是抽象地拨弄人性人欲，而是在人性人欲中纠缠着中外文化脉络，纠缠着奇异组合的三代人家庭姻亲，剖析其盘根错节的深度精神谱系。小说家陈忠实如此谈论他的阅读体会：“王蒙笔下的倪吾诚，变幻着各种脸谱。用我们惯常的性格说解读不透。我看到一种心理结构被颠覆心理秩序被打乱的典型人物形态。这个人接受新的政治理念以及洋的生活理念，把原有的旧的理念所结构的平衡和稳定颠覆了，却无法实现和达到新的结构的平衡和稳定。”②

---

① 王蒙：《活动变人形》，北京：人民文学出版社，1985年，第107页。

② 陈忠实：《再读〈活动变人形〉》，《南方文坛》2006年第6期。

小说主要集中在20世纪40年代，集中在留过洋，向往西方文明的倪吾诚身上。尚未成年，母亲就企图用抽大烟和娶媳妇的办法来挽救他的偏激，女方姜静宜是乡下地主的女儿，和寡母姜赵氏及也是寡居的姐姐姜静珍住在一起。他在母亲亡故后，变卖家产，旅欧两年，在北平的一家大学任教，一身洋气，以文明人自居。如果说倪吾诚向往西方自由、平等、博爱的文明精髓也就罢了，但他所得却是西方文明的皮毛。他只是厌恶中国习俗的丑陋，反对随地吐痰，反对将鲜肉与剩菜、馊菜一锅煮，而喜欢洗澡，喜欢上舞会，喜欢服用鱼肝油、使用寒暑表，但凡沾上“洋”的便是好的。他慨叹中国人童年生活的贫乏，“男孩子只能拨拉着自己的小鸡巴玩”，因而对儿童讲童话、买“活动变人形”的洋玩具，教女儿挺起胸走路，给孩子温馨恬美的微笑和拥抱。

倪吾诚也想对家庭生活“洋化”改造，却在这番改造中不得安宁。静宜信奉的是家庭实用主义，不愿当狐狸精，要的是生孩子，省钱买煤球，而不是买无用的玩具“活动变人形”。倪吾诚受不了沉闷的家庭气氛，几天不回家，在外面游荡请客，将“洋化”理想化作口沫星子，大谈抱负，和学生探讨中国前途。静宜以为他在外面嫖妓，恨得咬牙切齿。尤其是静宜乡下的母亲姜赵氏和姐姐静珍也来北平同住后，三个女人结成了反对倪吾诚的统一战线，将家庭变成一个随时可以引爆的火药桶。这两个来客的“变态寡妇文化”，是制造家庭火药桶的好材料。静珍还在如花似玉的年纪就守寡，心理压抑变态，喜欢挑拨家长里短，就连野猫发情都恨得牙根痒痒。她抽烟、喝酒、做饭，每天早晨必修“洗脸仪式”，煞费周章地洗脸擦粉、上胭脂，边洗边打，边洗边骂，堪称一绝。岳母喜好洗脚、倒尿盆，靠老家一点田产收租过活，百无聊赖，长于恶骂。妻子姜静宜依凭如此生力军助阵，就合谋算计倪吾诚，偷走他兜里的钱，又扣了他一身滚烫的绿豆汤，使之落荒而逃。王蒙就有这种本事，使“恶骂”成了一种翻江倒海、如火如荼的“国粹”或“国宝”，土语村话，咆哮嚎啕，又泼又悍，大有不“气死王朗”誓不罢休之情态，堪称当代小说的一绝。在胆战心惊的骂声喧腾中长大的小儿女，与母党同仇敌忾，都把父亲当成“败家子”，形同陌路。倪吾诚万般无奈，在妻子怀第三个孩子时就远逃他乡，甚至去过解放区，其后离婚再娶，并未尝到幸福的味道。在历次运动中，他热情赞美领袖英明，而慷慨激昂带来的却是大折跟斗，颇受皮肉之苦，晚景凄凉寂寞。作品给他留下的是一个魂不守舍的“活动变人形”，一幅漫画式的精神陷于分裂和痛苦而又找不到出路的文化变脸。

王蒙曾经自白这部小说，对他而言，是刻骨铭心的：“《活动变人形》的题材是刻骨铭心的记忆……我需要一个料理，需要一个过渡，需要一个告别，我起码需要说一声，别了，童年！别了，老屋！别了，爹妈！没有意义就没有意义吧，不成格局就不成格局吧，不入流就不入流吧，不像一部小说就不像一部小说吧，然而它已经在王蒙的心里憋了那么久，它已经被包括王蒙在内的人忽视了那么久，它未肯离去，这毕竟是真实的啊。”王蒙写作时，独处京郊门头沟区山窝中的西峰寺，开始了写作的疯狂期，一天写一万五千字，写的比抄录的还快。又去大连修改定稿。书名最初想用《空屋》，又改为《报应》，最后定为《活动变人形》(“我明明记得这是我小时候玩日本玩具的名称，但是所有的日本友人都说日语有‘人形’(玩偶)而没有‘活动变’。”)。他吐了一口气说：“我毕竟审判了国人，父辈，我家和我自己。”①

《活动变人形》对其主角倪吾诚、姜静珍、姜静宜以及姜赵氏，极尽嬉笑怒骂之能事，唯独对倪藻，绝少嘲讽，而是通过他，再加上一个经常打断叙事连续性而大发议论的叙事者，潜在地掌控着全局。大概是要给全书中的文化反省提供一个世界性的关照框架，遂以倪藻旅欧开篇，“出国”不妨忆旧；以他归国作结，回国之后，倪藻要进入“八十年代的中国现实”。也就是说，它是以20世纪80年代的当代意识，来拥抱和审判20世纪40年代的文化悲喜剧老故事。作品通过倪藻之口呼应书名，认为每个人都由三部分组成：他的心灵，他的欲望和愿望，他的幻想、理想、追求、希望，这些是他的头；他的知识，他的本领，他的资本，他的成就，他的行为、行动、做人行事，这些都是他的身；他的环境，他的地位，他站在什么样的一块地面上，这些是他的腿。头、身、

① 王蒙：《关于〈活动变人形〉》，《南方文坛》2006年第6期。

腿若能和谐、能调和、能彼此相容，那人就能活。[1]而这三部分是活动可变的。比如戴着斗笠的女孩儿，可以是身穿西服的胖子，也可以是穿和服的瘦子，也可以是穿皮夹克的侧扭身子。为什么身子侧向一边呢？这也很容易解释，显然是它转过头了看你。然后是腿，可以穿灯笼裤，可以是长袍的下半截，可以是半截裤腿，露着小腿和脚丫子，也可以穿着大草鞋。这种肢解重组的不和谐、不调和、不彼此相容，成了近代中国知识分子精神惶惑痛苦的独特而深刻的象征。以倪藻旅欧与归国的世界性的大四方形框架，容纳着倪家老宅的“活动变人形”的几何切割变异，王蒙的“审美几何学”运用得得心应手，几乎有些出神入化了。

需要进一步追问的是，这种奇妙的几何切割中，蕴含着何种哲学？数学是如何转换为哲学的？细加深究，《活动变人形》的哲学，乃是“倒转了的存在主义”哲学。存在主义三原则，一是“存在先于本质”；二是“世界是荒谬的，人生是痛苦的”；三是“自由选择”，“人即自由”。这一二三的次序，恰好是倒转过来的“活动变人形”的腿、身、头。排列顺序的不同，就是意义的不同，其中隐含着“王蒙式的审美几何学”。在强势的西方文化面前，倪吾诚“头”的选择，追求自由而落入不自由；他空幻的选择，造成了他“身”的存在荒谬和精神痛苦，视“他人即是地狱”；他的“腿”陷在旧制度的

① 王蒙：《活动变人形》，北京：人民文学出版社，1987年，第289页。

泥泞中，制度的存在制约着他的人生本质，而非“存在先于本质”。这种非存在主义或倒转的存在主义，恰好是找不到自己的根之所在的知识者无限苦闷、失望、痛苦、消极悲观的原因，铸成了人的本质流失的无限尴尬，成为全书以“活动变人形”意象加以嘲讽的对象。这种嘲讽的颠覆性，颇有点“笑使万物，包括信仰和教会的权威性，都成为疑问”①的意味。历史的理性站出来发言了：不要让鬼魂缠住活人，倪藻要走自己的路。全书通过对倪吾诚们旧时代生活不得安生的严厉审判，最终落脚到探讨其后代倪藻们走向革命的必然性，以及拖累他们“进一步，退两步”的难以摆脱的精神负担的宿命性的深层原因。它审判着和诅咒着“那个死去的时代和它投射给我们的长长的阴影”，其思想底蕴之丰富，历史感之厚重，多有值得称道之处。也就是说，《活动变人形》蕴含着一种非存在主义的破碎化的生存哲学，成为 20 世纪 80 年代反思文学中，具有文化哲学深度的标志性作品。

四、季节风云中的失态、踌躇与狂欢

这已经给我们留下足够深刻的印象：王蒙的小说以艺术形式变异之灵便活跃著称。20 世纪 80 年代复出而全盛期的“东方意识流”，就有多方尝试，狗变蝴蝶，形式翻新接着形

① 雅各伯Helmut C. Jacobs：《诺维利诺的愉悦与笑》，收入塔派特和荣格主编《愉悦的模仿——希尔特先生65周岁纪念文集》。

式翻新。评论家已经注意到，他的《春之声》注重听觉，《夜的眼》注重视觉，《风筝飘带》又兼有象征。《说客盈门》、《一嚏千娇》是讽刺作品；《球星奇遇记》属通俗逗乐型；新疆伊犁小说系列又基本回复到了传统写法。[①]作家对生活感觉和形式创新的敏感，达到了一种精神巅峰状态，欲罢不能，恐怕连那个“罢”字也没有想过。直到前面分析的长篇小说《活动变人形》，既集意识流之大成，又以“肢体分解组合”的方式深入到新的文化哲学的思考之中。那么，这种形式创新的锐意追求，到了年逾花甲的老成时期，是难以为继呢，还是“庾信文章老更成，凌云健笔意纵横”？

且看王蒙从1993年起，用了七年时间完成的“季节”系列《恋爱的季节》、《失态的季节》、《踌躇的季节》和《狂欢的季节》。季而有四，象征国家态势与人生浮沉的春夏秋冬，也是一种“人文—审美”的数学，其中蕴含着某种气数的意味。这给人的感觉，是他宝刀未老，依然是以形式创新蕴含历史理性思考的前沿性作家。王蒙曾讲过：“短篇小说是真正的艺术。长篇小说也是艺术，但尤其不是艺术，是非艺术，是人生，是历史，是阴阳金木水火土，是灵肉心肝脾胃肾，是宇宙万物。”[②]他这种是与不是，是得无边无际的小说学，为他小说文体出现狂欢状态，打开了闸门。“季节”四部曲，

① 贺兴安：《王蒙晚年小说变异》，《文学评论》2006年第3期。
② 王蒙语，见《大家》创刊号。参见王春林：《话语、历史与意识形态——评王蒙长篇小说〈失态的季节〉》，《小说评论》1994年第6期。

以其个人经历为蓝本，写了从新中国成立前夕到“文革”结束三十余年的社会风雨和精神悲欢，于编年史的恢宏结构中，因注入意识流，又注入调侃与反讽而充满弹性的跳跃，算得上王蒙创作一次全面的破解之综合与狂态之超越。它对翻云覆雨的历史波折，及在其簸荡下的知识分子精神苦刑和炼狱，作出严峻却充满智慧的批判性反思，在广度与深度上都赋予新的力度。中国作家能对20世纪中后期的政治史中的精神史，作出如此广阔而深刻的反思者，也只有王蒙。

《恋爱的季节》从1951年春天，写到1953年春天，写了人民共和国的早晨。它热情欢呼：“真的，每一天都是盛大的节日！是胜利的季节，是青春的季节，也是恋爱的季节！共产党来了，恋爱的季节开始了！”《青春万岁》中那种乐观得有点透明的青春梦，被召唤回来；《布礼》中那种真诚向上的碎片重新被缀合，而睁开一双阅尽沧桑的眼睛，对之进行深度的审视。可以说，这是王蒙以发展了的《布礼》的眼光，对他的第一部长篇《青春万岁》，在90年代的重写。在那个刻骨铭心，令作家憧憬怀念不已的年代，北京某区青年团几位干部，那些正处于人生花季的少年布尔什维克赵林、祝正鸿、钱文、周碧云、洪嘉等人，将个人的生活汇合进革命的政治与历史大潮之中，使全书的字里行间鸣响着纯真、美好、欢快而充满激情的主旋律。活泼浪漫的周碧云认为，生活在严肃而热烈的集体当中，每个人的小我都要压缩到最小最小最小，必须以此建立自己的恋爱观。她毅然中止了与出身于留学知识分子兼基督徒家庭的青梅竹马的恋人舒亦冰的爱情，而倾心于比她矮小的革命诗人满莎。勇敢活跃的洪嘉也同样认识到，恋爱本身不再是自然的情感，而成了革命的律令，从而追求一位年龄至少比她大一倍的苦大仇深、半文盲并身负重伤的战斗英雄，毅然宣布与他订婚。资本家家庭出身的李意等人与亲情决裂，也是为了汇入滚烫的革命和建设的洪流。他们恐惧平庸，采取直线思维或浅层思考方式剔除烦恼，勇往直前，青春在“燃烧”。但是，饱阅沧桑的作者已经在感慨他们会被激情灼伤了。

拉开四十年时空距离来反省新中国成立初期的青春激情，注入的是交织着理性与反思的冷静审视。距离产生理性，对于思考者而言，距离的长度与理性深度成正比，这也是王蒙的“人文一审美”数学。“梦断香销四十年，沈园柳老不吹绵”，一个年届花甲的老者朝花夕拾，追忆四十年前难以忘怀的旧情旧事，满纸沧桑之感如何托付？那就只好托付给1953年几乎与自己同龄的年轻人钱文了。钱文知道，他挽留不住时间，挽留不住鸟儿、花朵、树叶，挽留不住的1948、1949、1950、1951，挽留不住自己的十六岁、十七岁、十八岁、十九岁，如今他马上就要二十岁了。这种“年龄话语”使他陷入深深的惆怅之中：“现在”不可挽留地变为“过去”，自己的“恋爱的季节”处在消退之中，但他岂能知道，陆续降临的“季节”会打上“失态”、“踌躇”、“狂欢”的烙印。孔子说：“天何言哉？四时行焉，百物生焉，天何言哉？”（《论语·阳货篇》）据说法国作家普鲁斯特的杰作《追忆逝水年华》，直译乃是“寻找失去的时间”，王蒙在“失去的时间”的苦苦寻找中，留下了诸多待解的方程式。作为“季节四部曲”的首部，文本肌理已经为以后三部埋下了解答方程式的常数与变数，这就是王蒙津津乐道的文学中的数学。

《失态的季节》正面展开的故事，始于1958年，终于1961年，写的是“反右”运动结束到“三年困难时期”之间，一批“右派”在山区农村和近郊农场“劳动改造”和“自我改造”的悲辛往事。这是作家对自己刻骨铭心的“右派”遭际的充满历史理性与反思色彩的再审视。《恋爱的季节》里那些少年布尔什维克，不少人在1957年被戴上“右派”帽子，个别人可能平步青云。“失态”季节之所以失态，是由于意识形态高压下革命与人性关系被扭曲而失态，人格尊严被践踏，历史逸出了常轨。小说的重大突破，是以历史的真实过程和理性的严峻态度，既审视了政治失态，也审视自我失态。它打破了“文革”结束初期“右派”小说创作模式，即将“右派”拔高和装饰成“悲壮的英雄”的激情写法，真实地恢复那场历史风暴的本来情景，重现了历史风暴突然袭击下“右派”并非个个英雄，倒是平平常常，张皇失措，还在人性弱点的暴露中显得有点“狗熊”。这种创作模式，带有灵魂自剖的意味。

历史变得如此匪夷所思：钱文在欧美同学会吃了一顿西餐；郑仿倡仪组织成立一个儿童文学研究会；萧连甲纠正批

判自己的大字报上的几个错别字，无非芝麻大的事情而已，竟然被无限上纲上线，戴上“右派”帽子。人与人之间投机自保，互相撕咬，作践自己和别人的人格尊严，可怕的都出于一派虔诚。曲风明找萧连甲的谈话，以诚挚的同志式的严厉、生动、深刻和精妙，苦口婆心的“温暖”蕴含着“请君入瓮”的杀机，让你在“铁的逻辑”面前承认“莫须有”的罪名，真是令人心惊肉跳。如此入木三分，来自作家的刻骨铭心，非过来人写不出来。被运动起来的群众对待“右派”的态度常常是划清界限，比如钱文的丈母娘用“我跟你没话”，把钱文拒于千里之外，如此“孤立战略”，令人心寒。多少人真诚地怀疑自己、出卖自己，也真诚地怀疑别人、出卖别人，良知泯灭，人格和尊严荡涤无存。杜冲的婚姻破裂；激情洋溢的周碧云成了面容憔悴脏乱不堪的主妇；萧连甲自杀；鲁若死在监狱中；拿“帽子”整人的曲风明却被戏剧性地定性为“右倾机会主义分子”受整。钱文也在睡梦中吐露潜意识的无奈：“有了帽子可以预防伤风感冒，有了帽子就不再失眠，不再胡思乱想，不再不服气，不再对任何人有什么不满，不再闹情绪……多么幸福的右派帽子！多么温暖的右派帽子！多么严丝无缝的右派帽子！”革命者成了“右派”，劳动改造中认同“右派身份”，虔诚夹杂着惶恐，困乏的肌体承受着精神的炼狱，人生庸常化加深了唯唯诺诺低头认罪，精神在异化中变态，作家对自身内在精神世界进行了严厉的毫不容情的自审。

钱文逐渐看透了人情冷暖与残酷，既看到了卞迎春利用手中的“首长”威权，把从前情人高来喜整得生不如死；也看到了一心向党、又红又专的路红心，到新疆卷入了残酷的政治斗争，被狙击手杀死，死得不明不白。面对一幕幕整人、告密、背叛的人间丑剧，钱文对人性之恶陷入绝望。他把猫作为恋人、女儿，在猫的身上寄托全部的温情。唯有妻子叶东菊，性情纯朴，她对钱文的命运沉浮，宠辱不惊，显示了女性承受灾难的精神力量。即便在艰窘屈辱中探望“右派”丈夫，也精心修饰，款步生春，营造着贫贱夫妻的殷殷柔情，给钱文一个惊喜，在他心头增添了一丝暖意。作家用笑的形式告别过去，在人性失态中发现人性的常态。有所谓“戏场小天地，天地大戏场”，面对那个指鹿为马，黑白颠倒，帽子满天飞，灵魂被撕裂的岁月，小说选择了与之相配的话语游戏化风格，淋漓痛快，少有节制。令人读来常常忍不住要笑，笑完了又感到某种沉重和辛酸。文体营造着情调。以失范的语言，嘲讽失态的时代，作家的“人文—审美”数学又浮出水面，他在平行线的弯弯曲曲中寻找着难以交叉的交叉点。

《踌躇的季节》的时间段是1962~1963年。它以绝妙双关语为题，展示了20世纪60年代初知识者“踌躇满志”乎，抑或“踌躇不前”乎的回归民间的心态，反思了风风火火的历史在制造平平淡淡的卑俗人生。乍暖还寒的“小阳春”似的政治气候中，“脱帽”运动似乎给知识者的命运投来一束晃眼的阳光。但重提阶级斗争的阴晴莫定，又给他们带来踌躇与彷徨，隐忧与迷惘。钱文决心告别生活了三十年的这座城市。正如《淮南子·俶真训》所说："其所守者不定，而外淫于世俗之风，所断差跌者，而内以浊其清明，是故踌躇以终，而不得须臾恬澹矣。"他已经看透：必须活下去，活着才有是非、有善恶、有回忆、有评说。如果像萧连甲、鲁若那样结束生命，除了臭一块地以外就什么都没有了意义。因此他丢掉任何期待和希望、追求和努力、挣扎和苦斗，包括某种形式的隐忍和蛰伏，要到边疆去学点实实在在的本领，和妻子叶东菊一样，以平常心过着一种以柴、米、油、盐为核心的平常日子。流落边陲，就不妨专心地制啤酒，制酸奶，研读菜谱，烧饭做菜，津津有味地体验着"吃"乃是生活之中的首要事务，而不是某种可怕的罪过。寒冷的冬季也无奢望，有一间生有火炉的小房子足矣。他的渺小幸福就是与妻子生活在一起，生儿育女，养猫养鸡，偶尔打一回麻将。尽管半夜惊醒，想一想生活的目的，但更多感受到的是能过普通人的日子，不失为一种福分："做一个平庸的人是多么福气呀！"

在钱文心目中，革命高调算是破产，浪漫激情早已远离，打扫房间、排队买豆腐、哄孩子洗尿布，直至欣喜若狂地大啃西瓜，都纳入他的"安逸哲学"。小说中不乏对吃西瓜、烤饼和素什锦之幸福感的津津有味的渲染。且看这段形容："多么可爱的夏天！西瓜是上苍的杰作，吃西瓜是夏天幸福的极致。幸福、理想、诗意与西瓜同在。在酷热的折磨下，在炼狱的威逼下，在你的呻吟和抱怨、挣扎和潦倒中，你得到了天助，得到了上苍的恩宠，得到了一股清流，一派清新，简直是一个崭新的生命。既是吸饮，又是吞噬，既是收纳，又是吐弃。踢里秃噜，滴滴答答，三拳两脚，张飞李逵，一个西瓜就进了肚。除了吃西瓜，什么东西可能吃得这等痛快！夏令吃个瓜，豪气满乾坤！伏天抱个瓜，清风浴灵魂！盛夏抱个瓜，飞天怀满月！春风风人，夏雨雨人，何如西瓜瓜人！有物曰西瓜，食之脱俗尘！有瓜甘而纯，食之乃羽化！清凉，甘洌，柔润，通畅，安抚，洗濯，补养，透亮，如玉如珠，如液如浆，如花如鸟，如云如霞，如饴如脂，如鲲鹏展翅逍遥游于天地之间直到六合之外！”才思泉涌，痛快淋漓，是游戏笔墨，也是快意文字。这是何等的“吃西瓜哲学”呀！西瓜虽小，却涵容天地，人间的一切烦恼都不妨置之度外，尽管超凡脱俗、快意朵颐中，难免令人掠过一丝辛酸。钱文的心酸在于：“命运，该有多么不可思议！人生，该有多么变幻莫测和千奇百怪！”人是不能够太高兴的，积近三十年之经验，他深知人要是一高兴底下就一定要倒霉。不能翘尾巴，只能时时夹着尾巴，因而“我只是一个卑微的人，我只需要最正常最渺小的幸福，只需要与东菊生活在一起”。精神的高压，在制造着人间的渺小。

有学者认为：“王蒙与他的同代人，完成了中国文学由浪漫的崇高，向多元的杂色的过渡，仅此一点，他便获得到了一种‘史’的意义。……王蒙最初吸引我的，便是这种诡谲幽默、汪洋恣肆的情致。他渐渐学会了超然于象外，学会了以多样性、复杂性、广博性来驱赶心灵的寂寞。……他对世相种种、官场种种、文人种种均有相当的了解。一个深味世态的人，常常不会以一只眼睛打量世界，他越来越感到生活的荒诞，文化的荒诞，存在的荒诞。于是他出语讥人、圆滑幽默，他调侃戏弄世间也调侃戏弄自己……王蒙身上牵扯着真谛与俗谛的长影，从共产主义到非共产主义，从殉道精神到平民乐趣，这种不和谐的旋律在他那儿竟和谐了。”[①]有意思的是，这部《踌躇的季节》一开头就运用了游离主线的闲笔，从而为主体叙事安置了一个独特、新奇、陌生的眼睛，打量着全书承载的时代政治的内涵。整整第一章写祝正鸿的表舅，一位骆驼客出身的商人："于是我想起了祝正鸿的表舅，他做买卖，到处讲吃亏是福。无论如何该轮到他老了，冥冥中的小说之神，或者更准确一点说是文学界的鲁班祖师爷这样指挥着我的手指，而我对于表舅的了解又太有限。”作者似乎信手拈来，却通过人物的眼睛、经历和感受，见证了20世纪50年代至60年代社会变迁乃至政治运动。骆驼客在新疆嫖妓，险些被同伴枪杀，这荒唐的凶险，映衬了新中国成立前的动荡和混乱；他以处世的练达赢得了某书记的信任，被补选为工商联副主席，折射着开国之初执政者的开明与通达；又因出言不慎、授人以柄，被开除出工商联，透露了肃反政治的诡谲；后又开杂货店生意兴隆，显示了60年代初政策宽松，社会复苏；而随后在祝正鸿的暗示下关闭杂货店，

① 孙郁：《从纯粹到杂色》，《当代作家评论》1997年第6期。

乃至在抑郁中生病而死的结局，则预示着“山雨欲来风满楼”的社会情势。此人物与全书的人物存在着若有若无、却不绝如缕的关联，通过骆驼客的眼睛，从独特的角度窥见了作品中一对重要人物周碧云和凌函栋诡秘而暧昧的关系。更本质的关联，在于这似乎突兀的寓言性叙事结构，以小见大地象征着二十年间中国政治的波诡云谲，从而形成了小故事“召唤”大故事的结构衔接，类乎话本小说的“得胜头回”葫芦结构。在小大衔接的葫芦结构中，以骆驼客的新疆生活联络着知识者的新疆生活，王蒙使用的不是意义的加法，而是乘法，暗示着这种颠踬人生遍及社会各阶层。

书名是篇章学的第一紧要处。“季节四部曲”的书名，致力于对特定时代“社会心理模式”的概括，可谓呕心沥血，匠心独具。在下一部《狂欢的季节》的首章，作家还半是得意，半是调侃地告白：“我曾经多么样地满意于‘失态’与‘踌躇’的命名，这样的词儿创造出来不就是为了我的长篇小说系列吗？你悠久地垂悬在那里，闲置中等待着对号入模子。失态，举重若轻，绵里藏针，哭笑不得……踌躇，既是踌躇满志又是踌躇不决，一语双关，且惜且悲且痛且摇头摆尾并顿足长叹，您上哪儿找这么好的无法译介的词儿去！”作家选用这些“无法译介”的好词儿来概括他至为刻骨铭心的人生经历，是经过呕心沥血的推敲和锤炼的。那么，对于《狂欢的季节》的书名，作家又是如何刻意经营，别出心裁呢？

《狂欢的季节》主要写“文革”，对于它的命名，王蒙曾经反复掂量，举棋莫定，颇有点“吟安一个字，拈断数茎须”，“一句三年得，吟成双泪流”之概：“那么这一个季节应该是恐惧的季节？是奔突、是疯狂、是死亡的季节或时节么？是横冲直撞大火熊熊痛快淋漓，由真正的历史大手笔写就的浓艳的或浓烈的季节么？抑或是闲散的、恬淡的、无聊的、空白的、等待的、静悄悄的，比如说是养猫养鸡养黄鼠狼腌咸蛋种花种草打毛衣读菜谱打木器家具和常常醉酒的叫作畅饮的季节么？也许我应该叫它意外的或混乱的、困惑的、迷失的、梦魇的至少是奇异至极的神妙至极的百思不得其解的、你只好叹为观止的季节吧？”必也正名乎？名不正则言不顺，圣人早就这样告诫世人。似是而非，似非而是，“跳跃的季节”也不是，“发情的季节”还不确，直到此书的第103页，王蒙才说：“也许更加贴切的应该说是狂欢的季节，真是又唱又跳又叫。”

依据“大乱避城，小乱避乡”的古训，钱文告别北京，举家远迁边疆小城，直至“文革”结束。因而能抽身度外，俯瞰百态，悲悯众生。他以观察者、思考者和旁观者的角度来考察“文化大革命”中众生的行为和心态。在钱文从北京赴边疆途中，他家金鱼死掉了，然后死了猫，死了鸡。给予他寂寞人生些许慰藉的小生灵逐一死亡，一开篇就飘散着苍天无情的死亡气息。死亡气息和外界的狂欢氛围形成了强烈的反差，是悲剧意味和闹剧噪音之间的极度猖狂和严重对立。摘帽觉头轻，边疆少牵挂，钱文就偷得一度清闲，全身心投入世俗生活之中，养猫养鸡做酸奶做饭哄孩子盖房子挖地窖喝酒唱歌抽烟打麻将。有道是“尘沙多苦趣，第一是书生”①，平凡人生既令人惬意，又令人不甘，却只好在惬意与不甘的夹缝中忍耐着无聊和无奈。

而那些处于政治旋涡的人们，如犁原、陆浩生、张银波这些老革命却在天旋地转中，纷纷落马；善于深文周纳的曲风明饮恨自杀；赤胆忠心的刘小玲被活活打死；政治嗅觉灵敏上蹿下跳的章婉婉，经历了离婚、出卖肉体、谄媚讨好、被批斗、寻机报复等一系列人生折腾后，被明确为没有改造好的“右派”接受群众专政，不再跳来跳去，竟然与前夫复婚，心平气和过起了日子。陆月兰和洪无穷当了红卫兵，改名为陆红心和洪无私，活现了“一个纯正的人左起来”的精神变奏。洪无私因是托派的子女，下放边疆，与父亲划清界限，成了坚定的“造反派”。而“文革”结束后，进了说清楚班，发疯住进医院。行文一再点击：“革命就是狂欢，串联就是旅游，批斗就是摇滚乐、霹雳舞……”“‘文革’是一次集中的词语狂欢，字词拉练。”全书结尾，还做了酣畅淋漓的发挥：“然而这毕竟是中国革命世界革命的一次人民大狂欢，是一次毛泽东诗意盎然的狂想曲。毛泽东称自己一辈子就做了两件事，一件是建立了新中国，一件是‘文化大革命’，这绝非偶然。从中可以看到他老人家是怎样地看重‘无产阶级文化

① 【明】袁中道：《风雨舟中》，《珂雪斋集》卷一。

大革命'，这是英雄主义与理想主义的狂欢，超前思维的狂欢，这是意志的狂欢，概念和语言的狂欢，创造历史即追求历史的一点新意社会的一点新意的狂欢，用后来时髦起来的话来说，这是追求'创意'的狂欢，群众运动的狂欢，天才、智慧和勇气的狂欢，献身精神和悲剧精神的狂欢，力比都和激情、欲望和野心的狂欢。人生说到底是什么？人生不过几十年，人生就是生命的一次狂欢，更正确一点说一次狂欢的实验，意义就在狂欢和实验本身。"

不是以"浩劫"，而是以"狂欢"来形容"文革"，这是文学家不愿落入俗套的苦心积虑的一种创造。他在彻底否定之余，转向对狂热发昏的社会文化心理的探讨，勾起了对人类的无限悲悯。"浩劫"侧重对"文革"进行道德和历史的审判，而"狂欢"则触及人性的深处和欲望的膨胀，是一种追求深度的文化反思。王蒙说："我不想一段历史过去了，就大家一块儿诉苦，一块儿跺脚，'文化大革命'搞糟了，这已经用不着我来说了，大家早就写了。我力图反映的是这个历史时期的人性，希望我的作品能再现当时的激情、热烈，哪怕幼稚、荒谬。"[1]他拒绝将刻骨铭心的人生经历，进行神圣化、戏剧化、恩怨化、黑白化，严峻地拷问着灵魂深处的皱褶和阴影。在王蒙警示世人："你大讲'文革'的逍遥和狂欢的时

① 许以黎：《当代知识分子的心灵长卷——王蒙谈新作〈狂欢的季节〉》，《学问》2000年第8期。

候甚至丧失了起码的郑重与诚实。赵飞燕因了跳掌上舞而得宠，那是一千七八百年前的事了。你的狂欢也不过是手掌上的舞蹈。你根本不敢向掌外看一眼，不要说是看一眼，就是想一想你也就跌下了万丈深渊。”万丈深渊上的掌上狂欢，这种对历史悖谬的当头棒喝，蕴含着博大的人间悲悯。

处理“文革”这个艰难的话题，是对作家的思想、智慧和语言方式的极大挑战。王蒙间杂使用小说和反小说的手法，许多文字简直就是急风暴雨、倾盆而下、一泻无余的思想随笔。王蒙的文体意识相当自觉，《狂欢的季节》理应采用相对应的“狂欢体”书写，采用狂欢化的语言风格，以创造精神冲击波的超审美效应。本义的“狂欢(节)”，源自古希腊罗马酒神崇拜与祭祀仪式。苏俄理论家巴赫金将之导入文学艺术，形成了巴赫金“狂欢化诗学”。王蒙是否从中受过启示，不得而知。但《狂欢的季节》的语言无法无天，随心所欲，肆无忌惮，无所拘束，随手拈来土语村话、政治套话、雅言俗话、咒语骂话，加以排比重叠，删落标点以加快语速，如大浪淘沙、浊浪拍岸，反讽调侃，纵横捭阖，好生了得，兀的不喜杀人也么哥！兀的不苦杀人也么哥！从而颠覆了中国诗文语言惜墨如金，含蓄蕴藉的传统，在泼墨如注中，把叙事抒情、描绘形容、幻觉警句、说理论辩、冷嘲热讽混合成滚滚滔滔的狂欢的语言流，强化了主体精神爆炸力。用王蒙夫人的话来讲，王蒙具有语言的“魔症”。[1]狂欢的语言洪流将“狂欢季节”冲击得七倒八歪，如希腊神话所讲，乌拉诺斯身上的男根落入大海，激起泡沫，维纳斯就这样诞生了。诞生的是不是维纳斯且不说，却从泡沫中蒸馏出清醒地谛视“狂欢”的种种妙语格言，从而揭示了“狂欢的季节”的荒谬本质，令人感到痛快淋漓。以狂欢化的语言蕴含哲学，也算是王蒙的一大本事。

“季节四部曲”开始了一种“世纪性的文化反思”，作家将自己刻骨铭心的三十余年社会人生悲喜剧逐幕回放，亦纵亦横、忽前忽后地全方位反思历史，拷问人性，蜀鹃啼血，晨鸡警世，为多灾多难、精魂不灭的民族提供一份文化启示录。这里凝结着作家本人的遍体鳞伤的血迹，但他并不作儿女态而顾影自怜，也不作江湖态而快意恩仇，他要以历史理性和审美智慧，写下一份关于历史、文化、政治、人性的泣血之书、智慧之书。提到这“季节四部曲”，王蒙感慨万千地说：“它是我的怀念，它是我的辩护，它是我的豪情，它也是我的反思乃至忏悔。它是我的眼泪，它是我的调笑，它是我的游戏也是我心头流淌的血。它更是我的和我们的经验。”[2]这四部曲的精神自传色彩很浓，如果将《活动变人形》看作

① 周大新：《将文字制成“集束炸弹”》，《多维视野中的王蒙》，青岛：中国海洋大学出版社，2004年。

② 王蒙：《长图裁制血抽丝》，《文艺新观察》2001年第一辑，武汉：长江文艺出版社，2001年。

是对家族，对父辈之反思，那么，“季节四部曲”就是对自身，对同辈，对自己所在的时代之反思了。在四部曲中，作家的“自我”植入一是在叙事者，常常现身说法，口若悬河，或抒情，或议论，嬉笑怒骂，在驾驭着人物进退和情节发展中，与读者共享情感的痛快和智慧的喜悦。二是贯穿四部曲的主人公钱文，将自己的追求、遭难、窝囊、趣味、明智，好好坏坏都塞到钱文的生命历程中，然后再退到一边，对之进行冷静的剖析。至于因小说而致祸，被戴上“右派”帽子的人生遭际，还散落一些碎片在道具式的人物王楷模身上，但只给他留下一个姓氏的躯壳，而将诗人的灵魂托付给钱文了。这就是王蒙一再阐述的《红楼梦》中“影中影”的叙事策略，清朝魏秀仁《花月痕》第二十五回的回目也是“影中影快谈红楼梦，恨里恨苦咏绮怀诗”。如此将作家的影子一分为三，三以贯穿四季，三三四四隐喻着千千万万，这就是王蒙的数字审美学。

五、青狐惊艳中的精神现象学

在“季节四部曲”还需写出预约的两部后曲的间隙中，王蒙似乎按捺不住去采摘另一个魅力诱人的审美之果。那是一个青色的果子，泛青处似乎附着鬼魂。《青狐》无疑是王蒙晚年小说的一个异数。作家本人如此交代，《青狐》“比较充分地小说化”，如果说《青春万岁》写得“最青春”，《组织部来了个年轻人》写得“非常激愤”，《坚硬的稀粥》写得“很讽刺”，“那么这个《青狐》呢，写得非常一个小说”。其实在选题上，《青狐》也“很中国”，同中国小说的志怪传奇传统，乃至民间“狐仙”传说结下因缘。小说封面称“这个女人就是一部交响乐”，我们不妨把它综称为人物的“狐性”。王蒙谈到青狐的个性时说：“这种独特的个性你不能够从政治上、从社会学或历史角色上给它定个性。但是我们从它身上也可以感慨这几十年我们国家的历程，她的变化，她的沧桑。”[①]也就是说，《青狐》的政治历史反思的色彩比起王蒙以前的小说，已是相当淡化，在人物身上可以感受历史沧桑，却不能对之作出政治、社会、历史定性。

《青狐》是如何得名呢?《青狐》扉页内容简介说：“作者从一个绝妙的角度对女性、欲望、爱情以及革命、民主、权力等做出了自己独特的解读。”[②]后来成为知名女性作家的青狐，原名卢倩姑，出身贫寒，心气孤傲，命薄如纸。小说开篇，就详细描写其脸部轮廓，特别是眼睛、下颚。她从情窦初开，就有如此自我感觉：“没有丝毫低眉顺眼的贤淑，没有丝毫舒适受用的温柔，没有丝毫源远流长的东方文化的积淀，而有的却是洋人的脱离猿猴不久的兽性兽型”，是一只

① 王蒙：《王蒙新世纪讲稿》，上海：上海文艺出版社，2005年，第391~392页。

② 王蒙：《青狐》，原刊于《小说界》2003年5、6月号及2004年1月号，单行本由人民文学出版社2004年1月出版。

“狼仔”。但在旁人眼中，钱文说她像狐狸，白部长私下判定她是“狐狸精”。她后来发表作品用的笔名是“青姑”，只因评论家杨巨艇在谈到她时，把“青姑”念成“青狐”，就索性把笔名改成“青狐”了。她本人还有点自鸣得意：“狐仙的青辉，多么迷人。”有说道“王蒙七十，辣笔摧花”，实际上作家从不知疲倦的政治史、精神史的史诗叙事之外另辟蹊径，从小人物成名的角度，打开情欲的秘密，却消解了作为文学商品卖点的火爆的“性解放”的竹篮打水一场空。《青狐》不能从政治社会上确认人物个性，却应从精神现象学上探求人物的性情、欲望和命运。

青狐自小与母亲相依为命。孤儿寡母的家庭结构的选择，使《青狐》扬弃《活动变人形》中从政治文化视角“审父”的母题，而将个人情欲放置在自作主、自造孽的伦理语境中。她在 20 世纪 60 年代只是一个微不足道的小干部，买服装的首要标准是“把自己捂严实”，但是一做梦又“把自己脱得光光”。要在“交心、放包袱、灵魂里爆发革命、狠斗私字一闪念”中，全盘交代，“做一个干干净净的女子”，待到梦中“光溜溜的丢丑”，“终于铁了心，就叫青狐”。她初恋的男子，在“反右”运动中跳楼自杀；大学辅导员将她奸污，被判刑劳改。她又结了两次婚，一个丈夫因病猝死，一个丈夫闹得分居十年而遭车祸丧生。她究竟是克夫的白虎星，还是精灵尤物、彩蘑罂粟、天仙神女、妖魅冤孽？她使乏味的人间多了一点神奇，使平凡萎缩丑陋肮脏的男人在一个短时间勃勃起来、燃烧起来、英俊起来，然而仍然受到提防和质疑，受到审查和歧视。美的品质远比丑更可疑、更危险，美是狐狸、狼和潘金莲，而龟、蜗牛和武大郎的品质才是善，“她仅有的性经验，却使她觉得与男人的那种关系她得到的差不多只是强奸，和她发生过性关系的男人到了那个当儿全都恶俗不堪，丑陋不堪，挤鼻皱眼，口角流涎”，“像是谋杀，像是抢劫，像是强暴。她没有得到过诗意”。美是祸，还是福？性是功，还是罪？《青狐》在王蒙著作中，无疑更具有“后现代意味”，更具有生命哲学意味，把思考引入了现代人的精神存在和现代情绪的更深层。

青狐的内心对于异性纯洁的爱，存在着长久躁动的饥渴，却在现实中屡屡碰壁。这种力比多，成了创作的原动力。她把这些苦闷和压抑都写进了小说，“她想写小说是为了她的永远无法实现的爱情”，写小说也离不开情欲的纠缠，将小说书写当成抵抗现实的武器，营造一个虚幻的避难所。我有迷魂招不得，难道应该承认“书写即招魂”吗？在“伤痕文学”波澜初起的时候，青狐写了小说《阿珍》，一举成名。在改革开放的十几年中，她从一个默默无闻的小干部，变成了享誉海内外的大作家“青狐”；从到月底就揭不开锅，变成有车有房有人民币加各种外币硬通货存款；从与母亲相依为命，变成了观光环宇、踏遍五大洲四大洋的世界公民。对于如此辉煌的“发迹变泰”，她竟恨不得“一火而焚之”。灵的飞扬，到底无法代替肉的孤冷。灵肉分离和冲突，构成了青狐人生不可救药的悖谬。

青狐曾一度钟情于那位高度评价她的作品、肯定她的才华，又长得高大英俊的“思想家理论家”杨巨艇，听他激情奔放地谈论民主、人道、智慧、文明，就按捺不住“心颤”。她梦见杨巨艇像一匹马，高飞入云，向她微笑。三十八岁的她愿意和这位有妇之夫，“热烈忘情地拥抱在一起而不涉淫乱”。但在第一次单独相处时，却被杨巨艇突然发作的疝气病，折断了浪漫情缘。青狐也移情于思想深邃的王楷模，醉心于他的大海夜泳和他写的《夜之海》，在访问欧洲的一个午夜，要求同他幽会而遭拒绝。她悟出自己是“玉面狐狸”，觉得天下的男人或者她不喜欢，或者不爱她、不敢爱她，自己像是狐狸拜月没有结果。在历史层面上，荒诞已经超越了灾难；在情欲层面上，人与宿命反而互为荒诞。正如王模楷所说：“历史有时候虎头蛇尾，有时候昙花一现，突然变脸，冷锅里冒热气。历史常常患流行感冒、疟疾、便秘，蛮不讲理却又怎么说怎么有理。”如果单纯从青狐的故事来看，似乎只是一个女作家之人生发迹与情欲波折互为悖谬，命运浮沉与社会政治历史又有何瓜葛？但上面已经提到，作家的数字审美学中，一分为三，常将自己的生命碎片粘在王模楷身上，因而这番“历史变脸”、“历史感冒”的议论，何尝不可以看作作家对历史悖谬的嘲讽性解说？《青狐》可以作为 20 世纪 70 年代末到 90 年代初，中国文化界的某种“精神现象学”来解读，它是反弗洛伊德精神分析学的，或者说，它对弗洛伊德精神分析学采取“滑稽模仿”的态度。因而这是一部令人沉思的书，可以引发人们对爱情、性、女性、个人、时代、政治、历史等一连串盘根错节的社会人生命题的深沉思考。

青狐之所以经得起深沉思考，是由于小说没有将这个人物纸片化，而是把她写得形神兼备，写出了她的灵与肉的冲突，思想与行为的多面性。在文学传统上，青狐关联着被蒲松龄自称为“狐鬼史”的《聊斋志异》。鲁迅评《聊斋》，称许其“使花妖狐魅，多具人情，和易可亲，忘为异类，而又偶见鹘突，知复非人”①。在民间传统中，狐魅聪明、狡猾而善变，散发着妖气魅力，超越人间伦理约束，幽明相通，具有超现实的能力，是礼法森严的传统社会中的一个富有情感幻想的异数。西方文化也有狐狸，如希腊诗人阿寄洛克思所云：狐狸知道许多事，刺猬只知一件事。狐狸机变百出，刺猬只知防御。英国当代思想史家以塞亚·伯林爵士在《刺猬与狐狸》中，提出了一个十分有趣也十分重要的文化问题，他认为，思想家分刺猬、狐狸两种类型，刺猬偏重理性，存一大智；狐狸偏重经验，机巧百出。狐狸型人物有：亚里士多德、但丁、伏尔泰、莎士比亚、黑格尔、歌德、普希金、巴尔扎克、屠格涅夫、陀思妥耶夫斯基、尼采、易卜生、托尔斯泰、乔伊斯；刺猬型人物有：柏拉图、马克思。伯林说，托尔斯泰乃天生狐狸，却一心想做刺猬，到头还是一只狐狸。

---

① 鲁迅：《中国小说史略》第二十二篇。

至于女人则要打消做刺猬、做思想家的念头，立下做狐狸的信念，修炼成精。①

《青狐》中这个青色的狐魅，既有异类人情，偶见鹘突的况味，又有聪明善变，修炼成精的素质。她也算公关好手。在北戴河海边同欧洲作家对话时，听到外国人百般挑剔中国作家"不反抗"、缺少"抽屉文学"，她就义正词严地作出反驳："你们教给我们斗斗斗，再斗几年又剩下喝西北风啦。我们有主意，什么该说什么不说，什么该斗什么怎么斗，什么可以等一等什么不能等，什么要写什么怎么写，我们知道！"她的"爱国激情"融合着现实的考量和历史的理性，令人吃惊，也值得深思。旅欧之行，她何尝没有心灵开放，而又柔情似水的一面呢？但她被草地、晚钟和教堂感动之余，面对洋教师爷和假洋教师爷质问中国作家干什么去了，她自有独立不阿的回答："我们在做我们想做的事。您在做什么呢？""只要世界上还有种种的不公正，就永远不要期望人们会忘记马克思主义。"中国近代以来多灾多难、备受折腾的现实，不仅对于作家，而且对于作家笔下的人物，也是"刻骨铭心"的。刻骨铭心，自然形成刻骨铭心的逻辑，这也是现代中国知识者精神现象值得注意的一面。尽管青狐有过婚姻，又不曾获得爱情；尽管她驰骋风情万种的想象，却感到终身爱情不幸；但在狂放之外，她不失去执着，坚持自己久阅沧桑得来的信

① 参看裴毅然：《"刺猬"与"狐狸"》，《光明日报》2009年10月28日。

念。然而，她的自主爱国的欧洲之行，到后来的一次文艺整肃中反而成为揭露的对象，于是宣布退隐。谁想到，狐狸也有刺猬的一面，尽管因其刺猬的一面而受伤。

小说最后一章，曲终奏雅，成了一曲悲怆的生命挽歌。令人心有戚戚焉，联想到《红楼梦》第一百二十回的《离尘歌》："我所居兮，青埂之峰；我所游兮，鸿蒙太空。谁与我逝兮，吾谁与从？渺渺茫茫兮，归彼大荒！"已经名扬四海的青狐，到远郊风景区新建的度假村青月山庄度假时，独自寻访了深山中的狐狸沟，写成了她的最后一部十二万字的小说《深山月狐》。虽然获得好评，她却宣布从此搁笔。数月后青狐又发表了一部中篇小说，描写"冷战"时期的一个孤岛上，两个阵营的男女间的无望爱情。编者按语中，说明这是青狐封笔前的旧作。她不在意各种评论，却陷入对自己命运的反省，我究竟写过一些什么呀？她对记者宣布：她已决定收回她的全部文学创作，宣布无效！来了一个对自己的彻底否定："我完了，我只不过是一个牺牲品，我孤独，我寂寞，我迷惘，我平生没有写过一篇自己满意的作品，没有交上一个换心的朋友，没有穿过一件合身的衣装，没有住过一套舒适的房子。尤其是，没有爱情，只有自欺欺人；没有真心，只有虚情假意；没有高潮，只有无穷的你骚扰我，我骚扰你，自我骚扰，互相骚扰。我的生活，你的生活，他的生活，她的生活，都是狗屎。"青狐终于变得有点像刺猬那样，真诚地回首她一生的生存状况和精神纠葛。真诚的回忆变得如此沉重，是回忆的错，还是真诚的错?

这真是"落了片白茫茫大地真干净"，给人无穷的苍凉感。本来人生就是一个大戏台，生旦净末丑联袂登场，热热闹闹地表演完毕，不愿谢幕也得谢幕。谢幕中有价值的审视和反叛，爱的错觉、美的绚烂、真的幻影扮演完了，便收拾道具行头，归入孤独寥落的梦魇。这里使用的是细小叙事，指向的是苍茫邈远的宇宙哲学、生命哲学，构成了对 20 世纪 80 年代以后中国现代性叙事，包括性与情欲叙事的重审、追问、消解与重建，由此展示了现代中国知识者精神现象的绚烂而紊乱的图谱。青狐是一个精灵，真可谓汲日月(特别是太阴)之精华，集山川之秀异，投胎于自然，生长于社会，处处防范却也每每出击，隐于万象又存于万有。她在一个动荡多变的时代中载浮载沉，亦风光亦寂寞，一切似乎都是气数。在人间追逐幻境，不管是情的、财的、官的幻境，都可能遇上绳索、枷锁、紧箍咒，要警惕本性的迷失。这是非常有趣的，狗变蝴蝶的作家，于此遭遇狐狸，他窥视着现代人的精神处境的尴尬，窥视着他们无法作出抉择的虚妄的抉择。作家由此获得的是另一种"刻骨铭心"。在这里的宇宙哲学、生命哲学中，一生二,一是生长的开端，二是阴阳。然而阴阳之间出现了阻隔和障碍，造成了孤阴不生，独阳不长。不生不长，一切归于零；零是无穷大，又是无边的消解，是幻中真，真中幻。它消解了性的疯狂，消解了梦的狂幻，回归到一个未知数，还原出心的真诚与脚踏实地。内在的是心，外在的是地，心与地，即是无穷。这就是王蒙文学中的数学与哲学，他以哲学与数学的思维，给文学增添了智慧。

（完稿于2012年12月3日凌晨；修改于2012年12月14日）

第三辑　学林心迹

治学路上的足迹和心迹

野孩子与唐宋诗（我读古诗文）

经典的发明与血脉的会通

我与《中国社会科学》的三度因缘

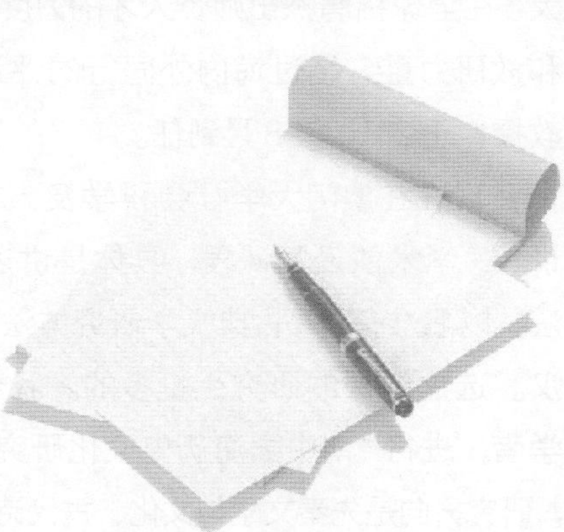

治学路上的足迹和心迹

——答中国教育网主持人

主持人： 我们知道杨教授目前在澳门大学担任讲座教授，可否谈谈您的近况和规划？

杨义： 在 2009 年 12 月 20 日澳门大学横琴校区奠基典礼上，胡锦涛主席寄语“澳门大学要办成世界一流大学，具有一流设施、一流师资、一流人才、一流成果”之后，澳门大学加大了在全球招聘杰出师资人才的力度，以便巩固扩大师资队伍和教研力量。经过海内外同行的评议，聘请我出任中文讲座教授，于 2010 年 8 月到任。

我现在在澳门大学社会科学及人文学院中文系，为研究生讲授“学术前沿”课程，具体是讲述最新学术成果和学术方法。以后准备讲“古典文学研究方法论”课程，侧重在先秦两汉。选这门课的研究生挺多的。我今年准备招收几个博士后学者，进行“南中国海历史文化研究”。还要招收几位博士生，研究方向是先秦文学与文化、古代诗词及古典文献的研究。

至于我自己，最近主要是作“先秦诸子还原研究”，已经发表了六七篇长篇论文。最近将要在中华书局出版“先秦诸子还原”中的四种：《老子还原》、《庄子还原》、《墨子还原》、《韩非子还原》，大概有九十多万字。其余如《论语》、《孟子》、《荀子》、《孙子兵法》、《吕氏春秋》等，也发表过一些相关研究文章，或有些存稿。这项研究已进行多年，我还会继续做下去。

主持人：您认为澳门大学与内地的大学有哪些不同之处？澳门大学及那里的学生给您的印象如何？

杨义：澳门大学处在中西文化交汇的前沿地带。在澳门大学，英语用于教学很常见。学校课程实行三文（中文、英文、葡文）、四语（普通话、粤语、英语、葡语）。教学用语的多样，意味着办学思想的开放性。这里的学生思想活跃，来自海内外的讲座非常多，课外活动也丰富多彩。澳门大学的教师大都有国外学历，或者是外籍学者，这使得澳门大学与国际学术界、教育界联系密切。中文系各个分支学科，都有知名学者，总体的科研教学实力相当可观。学校为了上档次、创一流，陆续推出一些大举措。学校领导对于重要学者非常尊重，想方设法发挥他们的作用，很少出现打官腔或官僚气。这种尊重和支持，有可能使我的学术顺利地进入一个新的黄金时代。

澳门大学的学生非常活跃，外文和电脑水平较高，对西方学术思潮，尤其是本学科的新方法了解较多。学生尊重老师，视野开阔，思想敏锐，并且学习努力。但是，我觉得，他们应该更浑厚一些。在博士生和博士后学者招收方面，只要利用好这里的优惠条件，是可以在全国网罗一批突出人才的，这一点已经初露端倪，这对将学校办成著名学府是很有作用的。澳门不是学术的“中原”，也不是学术的“边缘”，而是学术的“前沿”。前沿的价值，在于敏锐地感应学术新潮，率先开展学术创新，迸发出璀璨的学术思想火花，发挥启迪和开拓的作用。只要学校坚持创一流的宗旨，不久的将来，有可能在思想学术界形成各个领域的“澳门学派”，刮起一股强劲的“澳门风”。

主持人：以下问一些网友关注的学术方面的问题。对于被称为“新一代治小说史、文学史的第一人”，您觉得怎么理解文学界给您的这个称呼？“一人做了我们需要一个研究所做的工作”，您当初怎么会有如此魄力，想独自编写《中国现代小说史》这样一套书？

杨义：撰写《中国现代小说史》的时候，我刚拿到硕士学位，只是助理研究员，可以说是一个初出茅庐的学者。初到文学研究所工作，想用一个略大一点的项目，强迫着自己系统地阅读现代文学的原版书刊。就像一个农家子弟，认认真真地耕种一亩二分地，只事耕耘，不计收获，看到田垄上长出一行行的幼苗，心里就高兴。农家子弟不怕吃苦，一本本地读书，一本本地做笔记。读完一个作家再读另一个作家，心无旁骛，毫不松懈。十年坚持下来，就读了那么多书。读得多了，每个作家、每个流派的特性和变化轨迹，也就渐渐地了然于心。以此建构起来的现代文学发展的总体结构，是经得起时间的考验的。

在写作中，还自觉不自觉地运用了文学地理学，比如对京派、海派的研究，对东北作家群、四川作家群（尤其是以万余字写李劼人）、华南作家群，对台湾文学、东北华北沦陷区文学、孤岛文学等地域文化的区分，对废名、萧乾、李劼人、张恨水等许多作家第一次在文学史上详细讨论。这些都是大量阅读原版书刊时的点滴发现。

实际上，我不是一个很聪明的人。在20世纪80年代，多少人到处寻找“概念”，以求发一个石破天惊之论，博得大名于朝夕之间。而我却用了十年光阴，苦苦梳扒，读书有得，才敢落笔。国内外一些真正懂得何为学术的前辈学者，对我的刻苦努力表示肯定，这是对我的鼓励和鞭策，我由衷感谢。记得有位老先生，称我下的是“硬功夫”。没有硬功夫的所谓高见，往往是一个肥皂泡。我至今还要庆幸那十年硬功夫，它使我对现代文学的发展脉络了如指掌，也养成了我进入古代文学、文化领域，讲求实学的学术风格。

主持人：您非常注意从人文地理学、文学图志学、文学发生学等不同角度从事中国文学研究。《二十世纪中国文学图志》创造了“以图出史、图文互动”的文学史写作模式，开现代图志类书籍的先河。为什么会在进行文学研究的同时，关注人文地理学，您认为这两者之间存在着怎样的关联？为什么会想到以图文结合的形式来进行写作？

杨义：中国是一个幅员广袤、地域文化和民族形态丰富多彩的多元共构的文化共同体。漫长的历史发展，往往呈现为地域和民族上“分久必合，合久必分”的形式，这也愈来愈深刻地促进了多民族间“你中有我，我中有你”的文化融合。这一点深刻地影响和规范着中国文学、文化的本质特征、发展轨迹，甚至文体表达方式。

显而易见，文学、文化的时间进程是在空间维度里展开的。因此要把文学、文化研究做大、做深、做得生气勃勃，就必须强调三个基本原则：一是在时空结构上：在动态地展开时间维度的基础上，强化空间维度。其中包括地域形态、家族谱系、作家轨迹、社团聚散、官方民间等丰富的内涵。二是在文化动力系统上：在深入考察中原文化凝聚力、辐射力的同时，强化“边缘的活力”。这就是说，不仅要看到中原文化的率先发展，影响了少数民族；更要看到，少数民族的原始活力和绚丽的创造，也影响了中原的文化选择。三是在文化意义上：在发挥资料搜集考证的硬功夫的前提下，强化对资料蕴含的深层文化意义的发掘。

要更好地遵循这三项基本原则，一个很重要的角度就是人文地理学。以人文地理学的视角来考察各地域及民族部族，给作家的写作输入了何种文化基因，包括精神上和形式上的基因。比如考察陈、楚文化对于老子，楚、宋文化对于庄子，鲁国南部附庸国东夷文化对于墨子所输入的文化基因。

文学图志学的使用，缘于 1992 年一位日本教授到北京进行高级进修。在阅读原版书刊和写作现代小说史的时候，那些原版书刊中的插图总是使我怦然心动，因为图画是可以超越国界的。有感于此，我就提议与他合作撰写《20 世纪中国文学图志》。多种多样的插图的介入，扩大了文学文本的构成和形态。原版书刊的插图，与文字一样，也是文学研究的原始材料。插图包含着丰富的信息，可以把你带回文学发生的现场。图画也是一种语言，一种以线条、色彩、构图和情调构成的非文字的语言，它有时比文字还会说话，说出文学意味的秘密。中国古代就有左图右文、上图下文的绘像传统，建构现代形态的图文互文性，也蕴含着浓浓的人文趣味。它可以拨亮你的悟性，与此图文静静相对，栖居于怀旧的、幻美的或玄妙的精神家园。因此，“图文构史”的特殊形式迅速地流行，也在情理之中，其广泛程度却出乎意料。

主持人： 有人认为，只要博览群书，就能成为一个在文学方面有所建树的人。对这种观点您是如何看的？

杨义： 书是智慧的海洋，不读书就会成为脱离智慧之水的涸辙之鱼，失去对生命的滋润。但是图书浩如烟海，鱼龙混杂，谁也不能遍读天下之书。读书一要善于选择，二要重视感觉，三要勤于思考。孔子有句至理名言：“学而不思则罔，思而不学则殆。”要通过选择确定学思的方向，又要通过感觉把学与思结合起来。坚持以上三个原则，博览群书就能够扩展心胸，增加见识，陶冶性情，提升生命的内涵，滋养智慧的能力。为人为文，都可获益。如果整天浮沉于书海、垃圾图书之中，而不思选择，也是会损害生命根本，败坏求知胃口，消磨生活意趣的。

选择、感觉、思考，你要准备当一个群书的征服者，不要满足于当蛀书的蠹鱼，更不可当书海垃圾中载沉载浮的奴隶。

主持人：“眼力 + 功力 + 魄力”是您的座右铭，您觉得这句座右铭对学习文学的大学生或者所有的大学生有什么借鉴意义？中文系的学生应该具备怎样的一种素质、精神来进行学习？

杨义：这“三力”座右铭是我对自己的一个提醒，提醒我朝着这个方向努力。大学生朋友不妨也按照这个座右铭激励自己，它是契合读书和研究之道的。读书要运用“眼力”，从字里行间的表层意义中，透视深层的意义。

在大家熟视无睹的地方能发现新鲜独到的问题和它隐藏着的意义，你的读书就摸到门径了。读出深层意义，就能将书本的知识转化为你的活生生的知识。日积月累，“功力”也就逐渐深厚。庄子说：“水之积也不厚，则其负大舟也无力。”

只要你的功力积累得非常深厚了，就能够滋养你把握问题、创造思想的“魄力”。魄力不是提高嗓门唱高调，而是底气深沉、眼光如炬、高屋建瓴，能够从容自由地从浩瀚的材料中，提炼出令人耳目一新、产生心灵震撼的思想创造。

讲了这么一些想法，谨与大学生朋友共勉吧。

主持人：您平时给学生讲课时，最喜欢给学生讲的内容是什么？喜欢用什么样的方式？能不能举个例子？

杨义：给大学生和研究生讲课时，我比较喜欢讲自己最新的研究成果。因为那里包含着我的新发现、新智慧，讲起来就会很带激情，能够尽兴。

上世纪80年代，我在福建师范大学讲“20世纪中国小说与文化”，这是共有十五讲的系列讲座。后来，讲授内容结集在北京和台北出版。90年代，在北京大学、中山大学、暨南大学等学校，以及国外的哈佛、耶鲁、牛津、剑桥等，讲“中国叙事学的文化阐释”。后来在复旦大学、南开大学，讲“中国诗学”、讲“古今贯通”，讲李白、杜甫。随后在剑桥大学和全国许多大学，以及中央部级领导干部历史文化讲座上，讲“重绘中国文学地图”、“文学地理学”。

最近，我讲的较多的是“先秦诸子还原研究”，包括老子、庄子、《论语》、墨子、韩非子、《孙子兵法》的发生学和文化基因问题。这些研究以新的材料、角度和深度，理清了两千年来许多令人困惑的谜团。每次我讲的时候，都会有变化，没有固定的内容。上课前，我最多列个提纲，上课时就随意而谈，旁征博引。面对博士生及以上，就把学理讲得更深入一些；面对本科生和社会听众，就会多讲些故事。总之，谈笑风生，带点幽默感，讲课的效果会比较好。

最近，我给澳门大学的研究生系统地讲了《史记》的文化精神和著述体例，这是为中央的一个重要任务准备的，在中国社会科学院文学研究所讲过，大家反应很热烈。我曾给研究生讲《史记·老子韩非列传》，一堂课三个小时，就讲其中的一段话，对每句话、每个词语隐藏着两千年间的什么问题，我们应该如何调动各种文献和出土材料破解它，如何缀合各种材料碎片还原诸子的生命。

主持人：您曾在中外多所大学担任教授，同样是讲授中国文学，对于中外学生您会在讲授方法上有所区别么？您觉得中外学生在学习上，对中国文学的理解上有什么差异？在治学态度和方法上，外国学生有没有什么优势，是值得我们学习的？

杨义：1992年，我在英国牛津大学访学半年，暑期为他们的八位博士生讲“中国文化的基本脉络”；又在牛津、剑桥、伦敦大学亚非学院、爱丁堡大学进行旅行讲学，主要讲“中国神话的存在形态和解释体系”、“英国文学对中国现代文学的影响”。这是我在国外的第一次讲学。

在讲学过程中，逐渐摸索到对外国学人讲课需要注意的事项，那就是，在对外国学人讲课时需要多用比较文化的视角。比如，看某种文化因素或文化形式在中国采取何种形态，处在文化结构的哪个位置，而在西方又有何形态和位置，这样就可以比较它们在整个文化系统中的功能和意义，它们又如何以特异的方式组构自身的文化特质。不仅仅限于我有你无，而是要看到在同样的“有”之中，各有何种第一关注点、思维方向、贯穿线索。

对于中国文化的事例，要尽量讲得细致、深入、有声有色，并从中发掘出与西方同一命题可以对峙互补的文化原理。要采取一个伟大的文明所应具有的平等对话、深入对话的态度，不要隔靴搔痒地把中国事例简简单单地往西方理论体系上硬套。

平等对话、深入对话，不生搬硬套，这样的讲学方式，我在耶鲁、哈佛、斯坦福大学讲演“中国叙事学”时都使用过，效果相当可以，甚至被他们的系主任、著名教授一再称为“经典讲演”，说是我离开三四个月后，他们的学者还在网上讨论我提出的命题。这种反应，是后来传到国内的，由一个我所敬重的长辈学者转告给我的。这也算是对我的讲学方式的认可和鼓励吧。

主持人：目前很多国家设立孔子学院，您怎么看待？这对中国文学的发展有怎样的意义？

杨义：在许多国家设立孔子学院，对于推广汉语学习，传播中国文化，让外国人更好地了解一个正在全面振兴的中国，具有重要意义。

我认为，在孔子学院的课程教学方面，除了学语言的初、中级教材之外，还应编写一些中国历史和文化的通俗读物，包括著名故事传说、戏剧百艺、节日风俗、少数民族史诗民俗、出土文物珍品等，篇幅不宜过大，要多配插图，并且对插图的内在意义和艺术形式进行深入浅出的解说。我曾经在俄罗斯彼得堡大学向一位研究中国艺术史的教授，分析楚文物图样的文化含义，讲得这位教授很晚都不愿离开，感到是难得的享受。

简明的文学史也可以编一本，几万字就行。可以找深通文学，又明白外国人接受兴趣的明白人来写。以讲解著名的经典诗文为主，配以生动的插图。若用古色古香的古代插图，最好附有注文解释图中的一些细节。某国的孔子学院，也可以聘请在该国做短期访问的知名学者，做些生动活泼的专题讲座。

主持人：现代中国一直在讲求开放，各个领域都向全球化迈进。您在研究中国文学的同时，也是非常重视西方文化的。在对西方文化的学习和研究中，您获得了怎样的启发，有什么心得体会可以跟大家分享？

杨义：做中国学问，一定要有世界眼光，才能打开现代学术的新局面。

我读了两三千种中国叙事文献之后，曾到牛津大学专门阅读西方叙事学著作。不是要以西方观念给中国事例贴标签，而是采取深度对话的立场。当时，我把自己的学术方法概括成四句话：返回中国文化原点，参照西方现代理论，贯通古今文史，融合以创造新学理，也就是“还原—参照—贯通—融合”八个字。

后来我研究“中国诗学”，也在剑桥大学图书馆、牛津博德兰图书馆普查了以“诗学”为书名或关键词的一千九百余种西方学术著作，从而对西方诗学研究的本质、对象、范围、轨迹、关注点、思维特征等，有一个比较全面的了解。对我来说，写完《楚辞诗学》、《李杜诗学》之后，阅读相关的西方学术著作，让我在中国诗学的宏观学理把握上，敞开了一个广阔的世界视境。

一个人要把学问做大，必须有世界性的大眼光，以独立的姿态总揽世界学术的潮流。

主持人：据您来看，未来中国文学发展的大方向是怎样的？有没有一些比较新的领域值得学生关注，并深入学习、研究的？

杨义：当今中国文学发展受商品经济的影响很大，文学研究受职称评审、数量统计以及各个等级的官本位的规约相当深，需要改革的地方不少。人文精神是一个国家的精神皈依所在，人文精神的稀释化、淡薄化、边缘化，对一个国家的文化归属感和人的素质的提升，都会产生负面的作用。

作家应有两副笔墨，一副姑且用来写写赶潮流和赚钱的东西，一年写几本书；另一副笔墨就要抱着真诚的敬畏心，用来“十年磨一剑”，呕心沥血地铸造精品名作，成为这个时代审美能力的标志。

学者也应有两副笔墨，一副笔墨写普及性、生动灵便的文章，使更多的人享受智慧的喜悦；另一副笔墨写原创性的精深的著作，开一代新风，成一代杰作，支撑起我们这个时代的文化精神的堂庑和脊梁。

令人感慨的是，由于近代以来我们国家落后挨打的影响，人们形成了“外国月亮最圆”的卑躬型的仰视角。一种外来的说法，哪怕是经不起检验的奇谈怪论，也都追逐。而对于本国学者高度原创的学理，却视而不见，横加挑剔，宁可自己拘守井蛙之见，也不愿承认别人的创造。

“君子坦荡荡，小人常戚戚。”孔子此言，应该记取。我们要以坦坦荡荡的博大胸怀，在人文领域认识自主创造，尊重自主创造，开展自主创造，建立一种现代大国堂堂正正的文化自主创造的公共心态。这应该作为开创世纪性的学术创造新局面的关键被重视起来。学术创造，就要从创造这种公共心态开始。

主持人：您作为鲁迅研究会的会长，对于中小学语文课本改革中大量删减鲁迅先生文章的现象有什么看法？鲁迅先生最值得我们学习的是什么？

杨义：中小学语文教材问题，不仅是鲁迅文章增减的问题。

中小学生记忆力最强，如果珍惜这种记忆力，那便是民族之福。如何珍视？一是学好外语，二是记诵经典名篇。这些都能享用终生，是爱国精神极好的滋养品。

语文教学，与其过分地灌输某些政策解说，或者讲些“猫儿叫，狗儿跳”，不如腾出更多时间，让孩子们接触中华民族的经典之作，记诵历代诗文名篇，使之对民族文化有感觉、有兴趣、有情致。这样培养出来的爱国情怀，才是嵌入心灵深处的，浸染了精神趣味，因而不是那么容易褪色的。

关于鲁迅作品的选择，也应从一个现代大国长远的文化建设出发，而不是总把阶级斗争的弦绷得那么紧。因为时代不同了，文化战略也要调整。鲁迅的价值，从根本上说，是根据民族国家的时代需求，创造出一种与民族国家共患难的新文化形式，揭出病苦，解剖灵魂，犀利精锐，不屈不挠，开辟出民族国家生存和发展的新路。就像鲁迅曾经郑重地宣布："其实地上本没有路，走的人多了，也便成了路。"

主持人：您能不能给我们广大爱好文学的朋友一些建议？

杨义：爱好文学的朋友是有福的，因为他们能够以美与智来滋润自己的心田。爱好，并不等于要以此为职业。若有才能，当然不妨写些作品发表，甚至成为作家或专家。如果才能不在这方面，写文章不发表，练练笔头也无妨。

不管你从事何种职业，办公司、做买卖、打零工、搞科技，在繁忙之余，读点诗文小说，也可益智开心、陶冶性情，提高文化素质和思想表达能力。智慧有时是相通的，比如一些科幻小说，就曾带给人们在航天和潜海上进行探索和发明的灵感。做什么事情都需要一点灵感的，文学往往联系着灵感的源泉。我的一个朋友，平时总带着一本《楚辞》，或《唐诗宋词》，这并不妨碍他，反而滋润着他成为一个国际驰名的经济学家。

人的精神节奏需要张弛有度、刚柔相济，就如跳高、跨栏，需要助跑。读点文学，对你在职业上跳高、跨栏，也具有助跑的作用。

主持人：今天的访谈，我们从宏观角度了解了一些杨教授对中国文学研究的看法，并给学生学习中国文学提出了一些建议。希望以后我们还有机会能进一步从文学史、文学理论、对鲁迅先生的研究等等角度，深入地谈一谈。谢谢杨教授！

（原载 2011 年 3 月 7 日中国教育网）

野孩子与唐宋诗（我读古诗文）

五岁放牛，奔跑在蓝天绿垄间，有时捉蚂蚱、摘野果，有时跟着姐姐上山打柴草、下海捕鱼虾。乡村孩子面对自然，连他们的心灵也是绿色的。这里蕴藏着中国智慧的非常巨大的、有待开发的潜力，绿色心灵渴望着丰沛的文化甘露。第一声唐音宋韵，是父亲给我带来的。那时父亲由乡村干部改业学医，因为家中孩子多，温饱难继。每晚他除了抄写和背诵《药性赋》、《汤头歌诀》之外，兴之所至，也常常吟哦几句《千家诗》和《唐诗三百首》。声音是抑扬顿挫，滋味深蕴，古风十足的。一切是那么自得其乐，陶醉在古风朴朴的审美境界中。

我和弟弟们搬来几张小凳，听着《游园不值》："应怜屐齿印苍苔，小叩柴扉久不开。春色满园关不住，一枝红杏出墙来。"我们看看刚洗过的脚上穿着的木屐，感到一股未曾体验过的亲切。至于村中没有杏树和花园围墙，只有围着木薯园的仙人掌黄花、虎刺梅红花，那也不管它了。这时我感到心地就像离村不远的白茫茫海滩，不知从何处漂来了一只鲜丽的贝壳。

天长日久，父亲见我听他的吟哦，听得有些门路，就开始教我对对子。父亲常给七邻八舍写对联，书法在柳（公权）、赵（孟頫）之间，娟秀处内含骨力，对对子也就成了看家本领。课本是附在石印本《千家诗》后面的《笠翁对韵》，从“一东二冬三江四支”讲起，什么“天对地，雨对风，大陆对长空。山花对海树，赤日对苍穹”，令人初步感受到中国语言对仗中包含有虚实阴阳之妙。读着读着，我也乍起胆来，为乡邻写对联了。

但我读唐宋诗，并不留心古人在对对子，倒觉得他们在写人生，写一种会开花的人生。就说你在为邻居写春联吧，猛然一声爆竹把你吓一跳，墨汁洒了一地，你会想起王安石的《元日》：“爆竹声中一岁除，春风送暖入屠苏。千门万户曈曈日，总把新桃换旧符。”这样，爆竹就炸碎了时间隔阂，把古今人生瞬间沟通了。我有时也笑古人痴，比如苏东坡那首《花影》：“重重叠叠上瑶台，几度呼童扫不开。刚被太阳收拾去，却教明月送将来。”黄昏听父亲吟哦，再看看屋外树影的时隐时显，是能够领略这诗的本色美的。但我绝不会操起笤帚，去打扫那些重重叠叠的树影。我有时也羡慕古人的雅，比如读到赵师秀的《约客》：“黄梅时节家家雨，青草池塘处处蛙。有约不来过夜半，闲敲棋子落灯花。”晚间在池边小屋摆着棋局等朋友，也够惬意了。可惜下雨天，我还要伴着大人去放田水，或打着竹伞，端着煤油灯，走过几处村庄田畴，到学校上晚自修。说不准踩着滑溜溜的田埂，还会跌了个浑身泥泞。

这些诗也许不够精深，谈起来未免贻笑大方。但它们亲切自然，通俗易晓，又朗朗上口，可以说在我的童年时代，半是代替了童谣。

诗的启蒙，是在音乐和图画陪伴下进行的。音乐来自父亲古腔古调的吟哦，图画则来自上图下文的《千家诗》、《唐诗三百首》。“清明时节雨纷纷，路上行人欲断魂。借问酒家何处有，牧童遥指杏花村。”署名杜牧的这首《清明》引起我注意，是由于上方图画绘有骑牛牧童，左手牵绳、右手遥指，牛头前面有一个方巾长衫者在问路。尽管我当牧童时，没有人向我打听过酒家何在，但读诗看图，似乎也有了这种经历。我后来读古诗文喜欢收集插图，并设计“图志”的写文学史形式，大概和童年的阅读趣味有关。

图当然有“纸上图”和“心中图”的区别，心中图比纸上图更可贵。读唐玄宗的“夫子何为者，栖栖一代中”，虽然上方有图，却引不起心头的感觉。读诗读出感觉，往往比读得一点知识更可贵，因为感觉能潜入你的生命之中。紧接着唐玄宗诗的是张九龄《望月怀远》，虽然上方找不到对应的图，但“海上生明月，天涯共此时”一联，已在我心头绘出一幅图画。李白的“明月出天山，苍茫云海间”，王维的“行到水穷处，坐看云起时”，孟浩然的“野旷天低树，江清月近人”，都有这种点醒直觉、闪出画面的妙处。

无纸上图，却有心上图的诗，还有一首杜甫的《客至》:“舍南舍北皆春水，但见群鸥日日来。花径不曾缘客扫，蓬门今始为君开。盘飧市远无兼味，樽酒家贫只旧醅。肯与邻翁相对饮，隔篱呼取尽余杯。”这幅图画至今还未在心头淡去，但久居城市，连麻雀也少见，又从哪里找来日日相伴的春水群鸥?

（原载《人民日报》1999 年 12 月 7 日）

经典的发明与血脉的会通

人文领域是相互贯通的，我们不应画地为牢。当然，贯通不是凭空求贯，而是要先打下一些坚实的精专的营盘，然后再相互求贯通，才可以达到累累如贯珠的效果。关心我的学术进程的人们都会知道，诗学与叙事学，是我在研究中长久关注的问题。因为我有一个想法，理论关注应该从自己最有切身体验的地方开始，这样才能使理论不落于浮泛，而与自己血肉相连，心心相印。用心血浇灌出来的理论，是有生命和有色彩的理论。民国初年上海文明书局出版了一本《新语林》，里面记载："陈叔伊（衍）道梁任公世界学问无所不容，心血何止多人数斗。"我岂敢跟梁启超比心血的斗数，但许多时候也是呕心沥血，则是问心无愧的。

天下学问，由浅入深。我到中国社会科学院文学研究所吃学术研究这碗饭之后，首先用心的是中国现代小说史和古代小说史，读过大量的古今文献。书读得多了，难免纷杂，就想看看这两千余年的小说现象的背后隐藏着什么，它们的深层有些什么样的文化生命意义，小说与神话传说、历史、叙事诗、戏剧这些不同的文体之间，都存在着何种可以相互沟通的内在通则? 这就有了叙事学的研究。进而言之，要了解中国文学和文化的总体精神，不仅要研究小说，而且要研究诗文，在文化层面的侧重点上说，小说更多地联系着民间心理，诗文更多地联系着士人的性情。因此我就转移到《楚辞诗学》、《李杜诗学》的研究。

说到士人的趣味，不妨举两个例子。南宋名将岳飞的孙子岳珂讲过一个掌故：北宋与辽国订立澶渊之盟后，车马客人常有来往，文人交游，都以谈论诗文取笑娱乐。苏东坡被推选去接待辽国使者。辽国使者素闻苏东坡的大名，想用奇招难倒他。辽国有一个旧对的上联“三光日月星”，求下联的时候，往往数字出现冲突，全国无人能够对得上。苏东坡当面支支吾吾，下来对辽国副使者说：“我能对出来而你们对不上，这不能保全大国之面子。其实，‘四诗风雅颂’，就是天生的对句。”大家都叹服。苏东坡又提出一些出其不意的巧对，使对方自愧不如，回国的路上，一直忍气吞声，生了一肚子闷气（见宋岳珂《桯史》卷二）。可见当时文人能作一首好诗，能对一联巧对，是脸上多么有光的事情。其实，这种趣味在宋代文人交往中，相当盛行。有笔记记述，中书舍人刘攽（贡父）和王安石的交情不错，经常开个玩笑。王安石用拆字的方法取笑刘攽的名字说：“刘攽不直分文。”分文就是把“攽”字拆开了说的。刘攽就立即对王安石的名字回敬了一个拆字游戏：“失女便成宕，无宀莫是妒。下交乱真如，上头误当宁。”安石，没有“安”字下面的女字，一个宝盖头加上石字，就是“宕”字；安石的“安”字没有宝盖头，剩下“女”字，加上石字，就是“妬”字。另一次王安石对刘攽说：“‘三代夏商周’，你能够对得上吗？”刘攽马上回答：“四诗风雅颂。”王安石拍着大腿叫绝：“真是天造地设！”由此可知，研究古典诗歌比起古典小说来，无异于进入了另一个牵系着诗人神经的人文世界。甚至我们可以从每一个有才华的中国士人的眼睛中，灼灼然看见一首诗。

研究诗，离不开它的地理渊源，这就是《文心雕龙》所说的：“若乃山林皋壤，实文思之奥府……然则屈平所以能洞监《风》、《骚》之情者，抑亦江山之助乎！”中国丰富的地域文化形态和多民族文化共同体形成的独特进程，使我们有必要把《楚辞》看作“诗的长江”，与《诗经》作为“诗的黄河”，并列为中国诗歌的双源头。讲诗学应该从源头讲起，从江河并流和竞流中考察中国诗的精神和形式的发生。刘师培认为：“大抵北方之地，土厚水深，民生其间，多尚实际；南方之地，水势浩洋，民生其际，多尚虚无。民崇实际，故所著之文，不外记事、析理二端；民尚虚无，故所作之文，或为言志、抒情之体。”（《南北文学不同论》）李杜合论的意义，在于牵合南北文化的地缘景观，由此论证中国诗歌鼎盛期的文化气象。李白气象轩昂，以胡地和长江的豪迈不羁的才情，淘洗去诗史上琐屑拘谨的做派，为中国诗坛注入了酣畅的青春气息。在盛唐的音乐体制中，胡声胡乐甚是盛行，李白自小亲炙胡音，因此他的诗歌一写出来，就被广为传唱。杜甫气象凝重，守持着中原儒者的风范，堂堂正正地把受过异域启发，却已中国化了的格律声韵之学，驱遣得老成持重又得心应手。宋人说过："诗人惟杜甫家最大，要自其祖（杜）审言始之也。'枝亚果新肥'，审言诗也，甫用之为'花亚欲移竹'之句。'飞花搅独愁'，审言诗也，甫用之为'树搅离思花冥冥'之语，而甫亦自谓'诗是吾家事'，非夸也。盛唐之时，诗未脱梁陈之习，至审言始句律清切，华而不靡，典而不质。"（舒岳祥《阆风集》卷十）我们可以从他们的诗的旋律中，感受到他们生命的理由，感受到他们的诗得以发生的文化基因。从人地文化基因的角度考察，可以说，诗、骚、李、杜，是中国诗学的四大典型。

如果这些研究还多少有些可取之处，那大概是它的理论关怀一头联系着自己的文化立足点，一头联系着现代世界的思想前沿，并且使这两头互质互动，用怀疑的态度打量对方，用了解的同情深入对方，用兼容的思维化合双方，用创新的姿态发明大方（《庄子·秋水》写河伯欣然自喜，以天下之美为尽在己，看到北海浩瀚无际，才望洋兴叹："吾长见笑于大方之家。"成玄英疏曰："方，犹道也。"）。说是这么说，并不是说自己在这些方面已经做得很好，而是说自己有这份心愿，既然吃了研究这碗饭，就总得追求：视境应大，视力宜透，脚步尚实，发明务精。不能不承认，回到自己文化的立场点，是学理原创上的关键，是做好学术研究的根本。朱熹说："道者，文之根本；文者，道之枝叶。"我们所理解的道，可以和朱熹不同，但根本和枝叶这个道理，是不可不认真思考的，也如朱熹所言："根本不立，故其他零碎工夫无凑泊处。"（《朱子语类》卷一百三十九、卷十二）曾国藩也说："种桃得桃，种杏得杏。未有根本不正，而枝叶发生能自畅茂者也。"（《求阙斋日记类钞》卷上）牵牛要牵牛鼻子，不能牵牛尾巴，做学问把握住根本，就牵住了牛鼻子。

只要站稳自己的文化立足点，探知其精髓，激活其生命，那么无论在知识储备上，还是由血肉到精髓的体验上，都具有不可否认的优势，也最能说到位，最有发言权。想在世界文化对话上发出自己的声音，不可脱离这种优势；要看出西方理论的所谓世界性是"有缺陷的世界性"，也不可不依凭这种优势。正是我们的立足点所据的那些浩如烟海的文化资源，才配称长成原创性学术大树的丰厚的土壤。又正由于这种文化资源在相当程度上还未经过深度的自主的现代学理耕耘，才有更充分的理由开发出在世界上独树一帜的原创性学理体系。回到自己的文化立足点，是为了认识"我们是谁"，但是"我们是谁"的认识，必须在与文化他者的异同比较中才能看得清楚，甚至必须借用文化他者的眼光才能激发我们的对话的欲望，启发创造现代性学理的潜能。

那么应该怎样启动这种把握两头，并使之互质互动的学术文化对话呢？每人的知识结构、思维习惯和学术个性各不相同，尽可进行多种多样的尝试和探索。这里有两种方法可资参考：一是经典的发明，二是血脉的会通。

经典沉积着丰富、复杂、多样的文化矿藏，具有不同的知识能力的人类可以从中开发出不同形态、不同功能的矿种，就看你能否有效地把它组织到社会价值系统之中。明人于慎行说过："学务本根，文义源流皆出经典。"（《谷山笔麈》卷八）一旦进入经典，就如进入宝山，原始人从中发现可以打制成锐器的坚石，古代人从中发现一些冶炼铜铁的矿石，近代人懂得钻探从中汲取石油，现代人除了这些，还能开采到可以转化为核能的原料了。不是说经典矿山中不存在这种矿苗或元素，而是说人们的知识能力已经达到何等的时代水平，能否对之进行新的层面深度的发现，并使之与新的知识体系、价值体系合构。我们的民族储藏有世界上第一流的文化遗产存货，有货还需识货人，连《水浒传》里的阮小五和阮小七都懂得用手拍着脖项说："这腔热血，只要卖与识货的。"经典的发明，实际上是经典的品质和现代人的知识能力的创造性遇合，因此需要研究者做一个"识货人"，慧眼识慧心。以现代的识货的眼光来读楚辞，读李杜，就能读到前人的世界视野、知识解读能力未能到达的新深度，发明楚辞和李杜的现代诗学之价值。而当我们的知识能力已达到现代世界的水平的时候，我们所发明的楚辞和李杜的现代诗学价值也就具有现代世界的意义。

血脉的会通，是动态地把握知识的发生发展过程，使之升华为有生命的智慧，并使“知识—智慧”历史化和系统化的重要手段。知识是已经生成的智慧结果，智慧是正在生成新的知识结果的过程，过程是结果更新的生命力所在。佛学教人，智慧大如须弥山，还须点燃大智慧灯。我们可以从元代种族压迫加重和吏治失控的知识把握中，体验到公案剧描写清官能吏惩恶安良、扬清抑浊的铁面无私，实际上蕴含着那个社会在无奈而焦灼地寻找着一个公道断案的民间道德法庭；也可以从明代宗教世俗化行程的知识中，体验到《西游记》的大闹天宫和九九八十一难，在将宗教神魔化和游戏化的同时，潜伏着民间无法无天和履险如夷的幽默感。

一旦我们感受到经典中某些文化闪光点，就要紧紧地抓住它，不让它稍纵即逝。要对这类闪光点进行学术聚焦，解释其内在的结构和功能，然后对其基本要素或文化模式，跟踪辨析，探源溯流，在勾勒每种文化的或文学的要素和模式的发展曲线和纵横交织的网络中，揭示其关节点，透视其复杂的动力机制，以及要素附加、积累、变速、变质、流失、飞跃的规律。比如考察小说叙事学，就要对《汉书·艺文志》最早进入正史的“小说”概念进行语源学的还原研究。宋人洪迈《夷坚支癸序》说：“刘向父子勦群书《七略》，班孟坚采以为《艺文志》，其小说类，定著十五家，自《黄帝》、《天乙》、《伊尹》、《鬻子说》、《青史》、《务成子》咸在。盖以迂诞浅薄，假托圣贤，故卑其书。最后虞《周说》九百四十五篇，出于稗官街谈巷语、道听途说者之所造。”因而也有必要探讨《汉志》小说十五家在发生学上的街谈巷语、志怪、子书、历史等方面“多祖现象”，追踪由“多祖现象”衍化成的文体谱系学，直至从小说评点学的独特理论批评形态和伴同阅读的“第三视野”之中，发现其与现代叙事学相通的天才的思想萌芽。这种返回根本的研究，如果能够使用原创性的思维解读材料，是可以激活中国古老的智慧，从而与当代西方叙事学的智慧构成对话关系的。

如此形成的叙事学是具有中国特色的，可以跟西方理论进行深层对话的叙事学。经典的发明和血脉的会通所要实施的学术方法论，就是我在《中国叙事学》中说过的四句话：“回到中国文化原点，参照西方现代理论，贯通古今文史，融合以期创新。”简约地说，就是“还原—参照—贯通—融合”八个字的学术创新策略。但愿读者对此八字方针不吝赐教焉。

2006年10月

我与《中国社会科学》的三度因缘

无因缘，无以成人生，只不过因缘有深有浅而已。我与《中国社会科学》杂志的因缘，可以追溯到1980年该杂志创刊不久。当时我作为本院首批研究生（戏称“黄埔一期”），毕业留在文学所，就听闻这份社会科学界最高刊物的择稿标准，是文稿须高于一般的博士论文。这自然是我这种初出茅庐之辈不敢问津的。不过，听说总编辑丁伟志先生希望发表一点年轻人的文章，一可扶植学术新生力量，二可活跃刊物的空气。这就提供了一种因缘。于是我的硕士论文的一部分《鲁迅小说的现实主义的本质特征》，几经辗转到了编辑的案头。杨柄先生当时出版了《列宁论文艺》，我是知道的。他对我的文章做了不少调整和修改，把我约至编辑室的时候，但见一位白发苍苍的老者满面笑容，给我谈论文章之道，称我的一些见解相当新锐，又说一些地方写得过于“丰腴”。并且说，这篇文章将在第四期（1982年）发表。现在看来，这篇文章并无多少过人之处，只是表明编辑认同作者是一个肯在文献上下功夫的人。初出茅庐就被人赏识，他再上征程，也就心中有底，腿上有劲，此中功德不可低估也！

也许自惭能力有限，此后将近十年，我却不敢把文章拿到该刊献拙。而是在十年里大量读书，写成三卷《中国现代小说史》，竟然自己也破格成为研究员了。此时丁伟志先生已是常务副院长，还是他把我介绍给胡绳院长，说是相当有分量的年轻学者。胡绳的秘书孙立峰在院部通讯写了一篇介绍我艰苦治学的文章《小屋里的大工程》，其后孙立峰和他的年轻朋友马良(《中国社会科学》杂志的助理编辑）来看我。我当时从现代文学转治古典文学为时不久，正在写《中国古典小说史论》的系列文章。应他们之约，也就选了一篇《汉魏六朝“世说体”小说的流变》寄给马良。这就是我与《中国社会科学》十年后的再度因缘了。这次接待我的，是老编辑朱成甲先生，他是该刊编辑中对我帮助最大的人。我当时年轻手快，一篇两万字的文章从大量读文献到写成，也就只需两个多月，行文难免粗糙。朱先生责任心很强，帮我字字句句地推敲，并把我约到办公室一一修改，往往一改就是半天。他的认真给我许多激励，以后为文，加强了字斟句酌，在行文的精确性上下功夫。在 1991~1995 年的五年间，我在《中国社会科学》上连续发表了研究古典小说的六篇长论文，在《文学评论》、《文学遗产》和其他刊物上也发表了一些，引起了学界的注意。据说东北的一位古典文学博士生导师说，“古典文学研究界出现了一位高手”，新加坡和韩国都有教授认为，

“中国有两个杨义，一个搞现代文学，一个搞古典文学”。因为我的名字很容易雷同，当记者的、讲相声的、捏脚的，都有同名者在。但是，这些来自国内外的不虞之誉，还是激励着一个由现代文学转攻古典文学者的信心，觉得自己在贯通古今上不是没有能力和作为。由此可知，本人的学术逐渐发展成现在这个模样，是与《中国社会科学》杂志在我的学术由现代转向古代的发轫期的悉心扶植分不开的。刊物也能模塑学者的模样，这是办刊的有识之士应该注意，并视为人生乐事的。

有创新精神的作者和好的编辑的关系，往往存在于以文会友之中。记得有两次到杭州、曲阜开学术会议，主办方不知出于何种考虑，都把我和朱成甲先生安排在同一个房间里住。朱先生身体健壮，气功了得，入寝后鼾声如雷，抑扬顿挫，达到很高的水平。但我心静如水，醒时谈笑风生，眠时相安无事，主人想把我们另作安排，还被我们婉谢了。我在朱成甲手中发表过敦煌变文、《阅微草堂笔记》的研究文章。1996 年底到韩国访问，作了《道家文化与中国现代文学》的讲演，这篇很长的讲演文章，是在当时的文学编辑室主任马自力的手中发表的。《中国社会科学》是大型综合性学术刊物，多发表大命题、跨学科的文章，在秦毅、赵剑英先生主政的时候，我又有关于叙事学、楚辞与现代学术方法通论的文章见于该刊。刊物的这种厚重、大气和视野开阔的办刊方针，对于催生新的学科、学科分支和有创新锐气的文章，起了良畴沃土的作用。

第三度因缘，是2003年我当了刊物编委后，深感刊物对发挥编委作用的一片真诚。从李铁映、陈奎元到王伟光等领导，都对编委的作用寄予深切的期望。高翔、吴玉章先生任正副总编辑之后，雄心勃勃，亦刊亦报，红红火火。但我这几年专心于先秦诸子发生学的研究，除了一些涉及面较广的学术文化讲演，行文较自由，不甚适合典重的刊物之外，诸子学文章一写就是四五万字，不愿为难具体编辑，为我那些不成器的文字花费过多的篇幅。因此高翔先生一再向我约稿，我也只能敬谢不敏。恰好我有一篇几年前在韩国的讲演《中国文学对韩国的百年叙事》，河北大学的常彬教授曾经在我这里当过博士后，参与了这个中、韩、日三国学者的合作项目，清理过抗美援朝文学的材料三千多种，写出不少高质量的论文。在文学编辑室主任王兆胜先生的支持下，就请她对此文作脱胎换骨的修改（连题目都改为侧重“朝鲜”），由一万字改成两万多字，也发表在今年（2010年）第二期的《中国社会科学》上了。我跟年轻人合作的文章不算多，凡是年轻人写初稿的，我都要改得面目全非，一篇论文除非增改七八千字，是不敢署上自己的名字的，绝不掠人之美，或掩人之长。这篇文章由于常彬用力最多，我就坚持把她的名字署在前面。我觉得，学术界应该树立一种诚实、谦虚、实事求是、奋发有为的作风，对真学术有敬畏感，有呕心沥血的执着追求，向学有所长的老专家学本事，为后生可畏的年轻人开道路，标准明而心气顺，步履实而勇创新，这才能开创现代大国学术文化的新境界和大气象。那种靠坑蒙拐骗，以手腕谋虚名的做法，可以休矣。对这类做法若不知禁止和杜绝，任其得计，是会损害国家的学术文化根脉的，切戒切戒！

2010 年 5 月 30 日

图书文化

《全民阅读推广手册》徐雁 / 主编

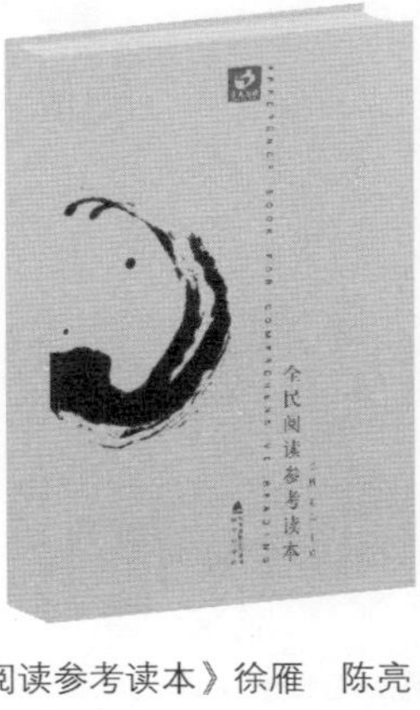

《全民阅读参考读本》徐雁　陈亮 / 主编

《纸老，书未黄》徐雁 / 著

《近楼，书更香》彭国梁 / 著

《阅读，与经典同行》王余光 / 著

《书香，也醉人》朱永新 / 著

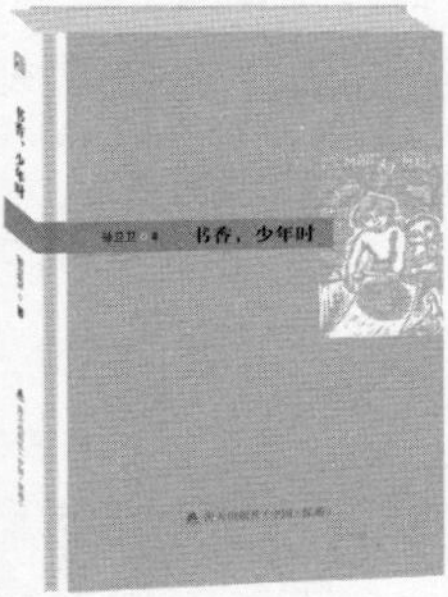

《书香，少年时》孙卫卫 / 著

《域外，好书谭》郭英剑 / 著

《谈笑有鸿儒》刘申宁 / 著

《斯文在兹》吴晞 / 著

《文学赏心录》杨义 / 著

《文学哲思录》杨义 / 著

本色文丛

本色文丛是我社策划的系列图书，持续组稿编辑出版。丛书力图给喜欢品味散文随笔、全民阅读与图书文化、名人日记与学术札记、海外文化的人士，提供良书与逸品。

本色文丛·图书文化

《书香，也醉人》	朱永新著	29.00元
《纸老，书未黄》	徐　雁著	29.00元
《近楼，书更香》	彭国梁著	29.00元
《书香，少年时》	孙卫卫著	29.00元
《阅读，与经典同行》	王余光著	29.00元
《域外，好书谭》	郭英剑著	29.00元
《谈笑有鸿儒》	刘申宁著	29.00元
《斯文在兹》	吴　晞著	32.00元

《淘书·品书》	侯　军著	32.00元
《西风·瘦马》	沈东子著	32.00元
《书人·书事》	姚峥华著	28.00元
《文学赏心录》	杨　义著	30.00元
《文学哲思录》	杨　义著	30.00元
《闲人，书生活》	胡野秋著	即将出版

本色文丛·散文随笔（柳鸣九主编）

《往事新编》	许渊冲著	29.00元
《信步闲庭》	叶廷芳著	29.00元
《岁月几缕丝》	刘再复著	29.00元
《子在川上》	柳鸣九著	29.00元
《榆斋弦音》	张　玲著	29.00元
《飞光暗度》	高　莽著	29.00元
《奇异的音乐》	屠　岸著	29.00元
《长河流月去无声》	蓝英年著	29.00元
《青灯有味忆儿时》	王春瑜著	28.00元

《神圣的沉静》	刘心武著	30.00元
《纸上风雅》	李国文著	30.00元
《母亲的针线活》	何西来著	28.00元
《坐看云起时》	邵燕祥著	28.00元
《花之语》	肖复兴著	30.00元
《花朝月夕》	谢　冕著	28.00元
《无用是本心》	潘向黎著	28.00元

本色文丛·日记（于晓明主编）

《读博日记》	张洪兴著	31.00元
《问学日记》	王先霈著	26.00元
《文坛风云录》	胡世宗著	29.00元
《原本是书生》	于晓明著	32.00元
《紫骝斋日记》	马　斯著	31.00元
《梦里潮音》	鲁枢元著	31.00元
《行旅纪闻》	凌鼎年著	即将出版
《微阅读》	朱晓剑著	即将出版

《从神州到世界》	张　炯著	即将出版
《丹青寄语》	崔自默著	即将出版
《文坛边上》	吴昕孺著	即将出版
《书事快心录》	自　牧著	即将出版

本色文丛·海外文化

《半岛之半：居韩一年散记》	许　结著	30.00元
《西行漫笔：一个远足者的异国寻觅》	王兰仲著	29.00元
《哈佛周记》（暂名）	郭英剑著	即将出版